聯合文叢 286

海浪的記憶

◉夏曼・藍波安／著

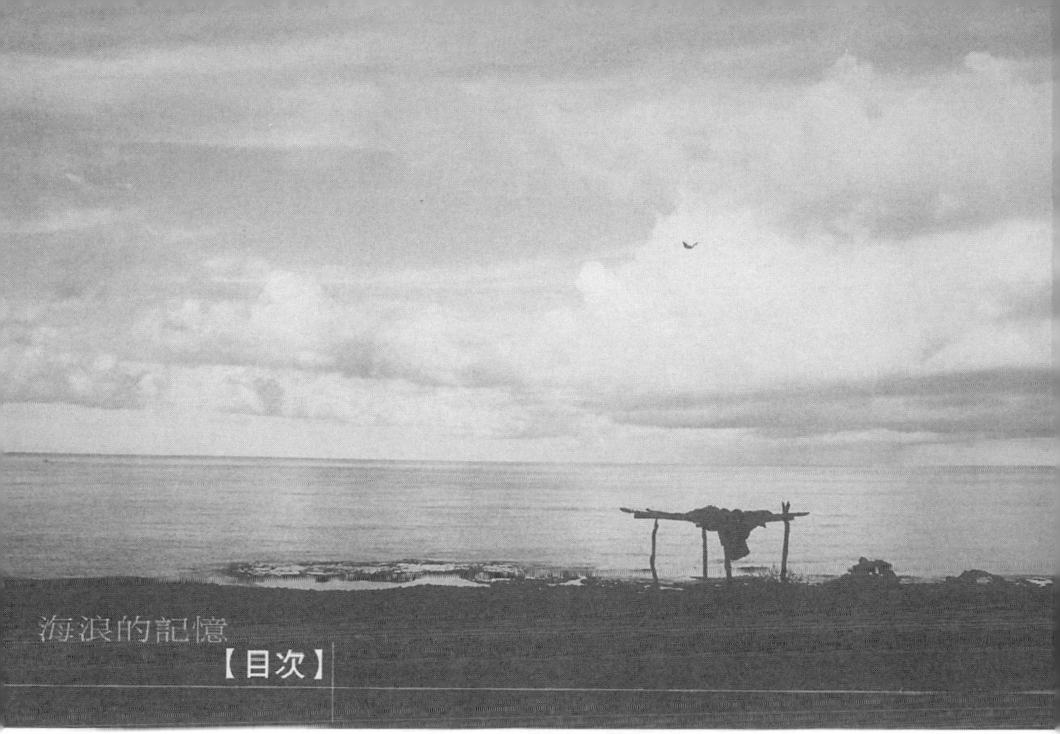

海浪的記憶

【目次】

第二卷：想念島上的親人

【推薦序】

蘭嶼老人的海

孫大川

一九八九年認識夏曼・藍波安，知道他就是以前的施努來。聽他說明自己名稱改變的因果，其實就是上了一堂蘭嶼文化的Lesson One。那時我們正熱衷於台灣原住民的正名運動，夏曼・藍波安的例子，成了我論述「還我姓氏」的絕佳範本。

之後，隱約知道他和我一樣也是天主教徒，也認識瑞士籍的紀守常神父和賀石神父。這使我聯想到民國六十年代初期，南王天主堂聚集了幾位在神父的支持下到台灣求學的蘭嶼少年，夏曼證實了他也是當中的一位。果真如此，我們應該在民國六十年代初便已認識，只是當時年少輕狂，如何會想到二十年之後我們因沉重的民族情感又再度相遇……。

民國七十年代末期的夏曼・藍波安剛從反核的激情中退下，對台灣原住民的抗爭運動開始有一些新的反省，當時他正面臨著要不要返回蘭嶼定居的抉擇。他覺得自己十幾年來打著蘭嶼雅美（達悟）人的旗幟輾轉於台北街頭，其實很心虛。蘭嶼的文化是什麼?不僅所知有限，甚至思維方式、生活內涵、價值取向早已台北化了。他覺得很矛盾、很虛幻。不久，他舉家返回蘭嶼，從潛海、射魚、造舟，謙卑地學習做眞正的達悟人。

再次見到夏曼，他已擁有蘭嶼人的皮膚顏色和身材。他的《八代灣的神話》，以母語拼音和漢文並列的形式出版，是他掌握族語和傳說的學習記錄。一九九三年我創辦《山海文化》雜誌，我們很榮幸刊登了夏曼具有代表性的海洋文學創作，這些作品後來集結成《冷海情深》，由聯合文學出版，這和他後來出版的《黑色的翅膀》，共同樹立了台灣海洋文學的典範。

夏曼寫海其實講的是蘭嶼人的宇宙信仰和生活，海的冷暖、顏色和律動，在夏曼的潛海實踐中，早已變成他皮膚感應和呼吸節奏的一部分。出海的勇氣和對海的敬畏，是傳統達悟人最動人的性格特質，夏曼在他的海洋書寫中充分將那種奮不顧身卻又寧靜自制的情緒張力表露無遺。如果你細細品味夏曼寫他在海底十幾公尺，閉氣與浪人鰺眼對峙，或靜靜讓鯊魚擦身而過，你必然會同意夏曼不是坐在船上寫海，而是潛入海寫海。海不是對象，他被海圍繞，屬於海的一部分。海是宇宙的核心，海就是蘭嶼文化的全部。

然而如今蘭嶼的海只屬於老人，套句老人家的話說：「下一代的達悟人還沒有理解海的內心世界。」夏曼筆下的蘭嶼老人是最豁達又最孤寂的一群。在〈浪濤人生〉一文中，夏曼寫他八十多歲的大伯和父親如何各自坐在堤防的兩端，靜觀落海的夕陽，「老人的太陽已經很低了……」，他們這樣比喻自己衰朽的身軀。大伯更常常說：「海浪不斷翻開我的記憶，當我失去海洋給我的回憶時，就是我逐漸結束生命的日子。」夏曼還提到自從母親搬回原來的部落之後，年邁的父親便失去了談話的對象，除了海的變化尚可延續其記憶外，每個夜晚他都在吟唱，吟唱是他減緩喪失記憶的另一種方法。而夏曼則是父親在黑暗角落裡最忠實且唯一的聽眾。不過，夏曼說，更多的時候父親總是喃喃自語，經常與死去的親人說話。世代的斷裂變遷，使老人與如今的蘭嶼互不存在。他們的海與年輕人的海，已不是同一個海。

一九九九年夏曼回新竹清華大學唸人類學，退化的肌肉和頹廢的性格，經過十年的鍾鍊早已被海水沖刷盡淨。海洋到陸地、蘭嶼到新竹，進出來去之間他顯得更自在、從容。有時聽說他昨天還在蘭嶼潛水，今天竟在清華電腦桌前寫作。夏曼瞭解海也瞭解老人，難怪他是老人唯一的聽衆。不同的是，他比老人多了一項工具，一枝書寫的筆，寫下蘭嶼的海，也寫下老人的寂寞。

五月中旬某日，夜半、接到夏曼的電話，是大哥大打的，他在海上捕飛魚，希望我爲他的新書《海浪的記憶》寫序，並答應隔日扛一袋飛魚回贈。筆墨和魚槍互換，海浪的記憶似乎還可以有吟唱之外的載體，蘭嶼的老人是否能因而不朽了呢？也許答案只有夏曼知道。

【推薦序】

海洋思維的悸動

巴蘇亞・博伊哲努（浦忠成）

由於過去學習的印象，以及長年在都會生活的經驗，總覺得文學是「斯文」的事，起碼該是「有氣質」的人從事的；不過近幾年來，原住民族文學的創作能量逐漸受到矚目，在文學研究、研討的領域場合偶有探觸的作品，也有部分大學校院已經開授此一文學內涵，於是逐漸接觸不少的創作者；一致的特徵是壯碩、黑色、自信、幽默、豪放之類，當然也有一些特別的「配飾」，譬如陳英雄的啤酒肚、拓跋斯拓跋斯・達瑪畢瑪（田雅各）及阿道的鬍子；矮壯配上「蒼蠅」也會滑跤的禿頭的林聖賢、可以潛入深海憋氣射魚一分三十秒的夏曼・藍波安、年輕卻很會說故事的撒可努、嘴唇曾因車禍受傷的瓦歷斯．諾幹、一口北京腔的田敏忠、乍看憨，再看「悶騷」兼具敏銳的霍斯陸曼．伐伐、多才而自戀的高正儀、反應最快，口才一流的林志興；剃平頭而沉默的布農人乜寇；唯一稍符「斯文」低標的，大概只有公視主播馬紹．阿紀。

所以有如此的特徵，其實是因爲這些作者們，並非曾經刻意進入文學創作的世界，而是在眞實經歷原住民各類不同生活的內容之後，在壓抑情感而不可的情況下，乃不得不以第二語言表述其深刻的感受。閱讀他們的作品，必會被他們所描述的場景、情節或人物，帶入原住民身處於當今社會的處境；從高山地區的林班，工廠的機房，不見天日的礦坑、隧道，最高、最危險的鷹架，最黑暗的娼寮，甚而社會集體的歧視現場等，都會讓人不自主的察覺其摹寫生活的力道，也體會原住民族依舊擁有的生命韌度。也有一些創作者意圖透過民族文化的追溯與實踐過程，以文學呈現民族獨特的價值與行爲，積極建構足以使其他族群得以接近的文化符號系統，其中有嚴肅的責任取向。來自人之島 pongso no tau 的夏曼．藍波安似乎就依偎在這樣的主軸線之間。

夏曼的《八代灣的神話》已經開始顯現他回歸民族文化的意念，與眞正經歷達悟人的實踐過程，由於嫻熟族語，他以族語整理腦海中累積的神話知識，再翻譯成中文，文學想像與串聯的手法，讓達悟族的神話傳說生動的形象，深刻入人心海；《冷海情深》

描述更多夏曼個人深入海洋也深入民族文化的探索經驗：禁忌的遵守，妻子與家人的深深期待與嘮叨，以及在深海中與巨魚相互的凝視與心靈對話，這是重視地平線的民族永遠難以體會的況味；《黑色的翅膀》首先描述隨著黑潮北上的飛魚，其行程中遭鬼頭刀魚、鮪魚獵食，以及堅定游向蘭嶼附近的海灣，就是牠們亙古無法違背的宿命，再帶出後段三位一起成長的友人，他們少年的夢想和成長後的處境竟有令人錯愕的轉變，也提及許多因爲文化差異而產生的尷尬，譬如白與黑之類。這些作品也許不見得能描摹夏曼內心世界的全部，以及他寫作的軌跡，但是這些符號文字清晰記下他意圖追索的民族意識和私密經驗的融合情態。

　　再次拜讀他的新作《海浪的記憶》，這是他再度來台灣唸人類學研究所之後的新作，雖然後三本作品相隔時間並不長，但是其間的差別仍很顯著，尤其最後一本；夏曼在寫作的焦點題材的選擇中，不再刻意尋找「大素材」，而是任何可以入文的人物、事情或者一時的感興，皆能在篩選、連綴、敘述、澄清或詮釋中，得出雋永而深具民族智慧的語言表述。譬如〈洛馬比克〉，寫的是部落中「三十年前唸書第一名，三十年後也是第一名，喝酒醉第一名」的人，他特立獨行的生活方式連族人都看不起，卻公認他漢字懂得最多；其間有明顯的諷刺。〈海浪的記憶〉寫著划了一夜的船後，被潮流和浪帶回到原來的位置，「我猶如被捕上船的飛魚，瞬間喪失了對海的迷戀」；海洋民族文學的詞彙依然豐富，「射到大魚不是了不起的事，但海能記得你的人，海神聞得出你的體味」；「我走不到機場，對不起，從我膝蓋出生的兒子」之類，觸目皆是。

閱讀原住民族的文學作品，或有覺得其結構與文字因不類同於漢族文學而作褒貶，事實上，不同的民族與文化之間必有其獨具的文學表述樣式，也有其難以替代的經驗和記憶，有些情感與思維相似，可以直接攬取其意蘊，陌生而疏遠的部分就必須超出文字與結構的限制，在文化的層面以及生存的處境尋找入口。閱讀夏曼的作品，需要由達悟族人遙遠的神話脈絡去著手，並且了解達悟族人在島嶼上的生活和期待，甚至了解長期以來，台灣對於人之島是多麼的一廂情願，那麼心靈溝通的門扉可能就開啓了。

【推薦序】

與海相戀的雅美人

陳其南

我並不是一個容易受文字閱讀感動的人，可是在看完夏曼·藍波安的《冷海情深》，那種久已忘卻的心靈震撼，不禁從字裡行間不斷地湧上來。那種感覺是深刻無比的，事實上我覺得作者的感染力比起海明威的《老人與海》有過之而無不及。

雅美與海深知與眷戀

比起夏曼·藍波安，海明威對海和鯨的瞭解與互動關係就顯得相當膚面與單調。夏曼・藍波安作爲一個雅美（達悟）人，在他的筆下完完全全展現了一個海洋民族、黑潮之子的本色。透過他的描述，我們更深刻地體會出雅美人對於海的感受與認知，像情人、像惡魔、像母親，在白天、在黃昏、在夜晚，在狂風暴雨中，在月黑風高裡，在繁星點點下，不同深度遠近的海洋對雅美之子展現出不同的風貌。

老人對海洋冒險的故事傾紙難書，小孩子對海洋的憧憬不可言喻，大人對海的依戀與對話永無止境。第一次感受到一個民族可以對海洋如此的深知與眷戀，甚至融爲一體到這種程度。夏曼・藍波安卓越地爲我們拓展了人類海洋經驗的尺度與領域。事實上，我眞的認爲單憑這一點貢獻，夏曼・藍波安已夠資格獲取諾貝爾文學獎。這是大部分作家最不夠深度的地方。

夏曼・藍波安的體驗並不只是在於海洋，如果仔細看他透過優越的筆調，描繪魚的種種，包括魚類、魚與女人、魚與老人、魚與祖靈、魚與海、魚與作者、魚與語言、魚與智慧、魚與信仰、魚與貧窮、魚與人性、魚與生活、魚與刳木舟等等，不得不對作者的這些創作打從心底裡讚嘆佩服。即使川端康成對於日本美的刻繪，三島由紀夫對人性尺度的探索，也不見得比得上夏曼・藍波安對自己族人生活內心世界與周遭事物的剖析。

我和妻子兩人就在二十七年前與夏曼・藍波安這一批國中一年級學生，在蘭嶼過了一年朝夕相處的生活，跟他們上山下海，在他們的部落和族人之中盤桓，學會了一些淺薄的語言、海洋、植物、魚類、景物的知識。

深度發掘雅美文化

事隔這麼多年，夏曼・藍波安天眞、純樸、伶俐的身影依稀記得，但是他人生的歷練、少數族群的境遇、對族人傳統的依戀和關懷，讓他成長爲一個風骨嶙峋的雅美戰士，看他的作品，想他作爲一個弱勢民族知識分子的困境，蘭嶼雅美生活的場景和氛圍再度清晰的浮現在腦海中，比起當時的實景更爲清晰，更爲透徹。

那到處是惡靈，到處是魚味，到處是「夏曼」（孩子的父親），到處是「夏本」（孩子的祖父）雅美情境，雅美意識氛圍，躍然紙上。這不再是一個族裔文學作品，也不是人類學者作的文學化版本，而是普通人性的深度發掘，人類經驗的廣度探索。我爲我這位歷經滄桑的學生，他的文學成就致以最高的敬意，也爲他的族人致以最衷心的祝福。

【自序】一個有希望的夢

八十一歲的夏本・心浪頂著頭頂上正午的陽光，從我目擊到的海平線雙槳划船的返航，划船的雄姿是優雅的，達悟話的意思是：殘餘力道的極限。我走向部落的灘頭幫他把船推上岸，他喘口氣的說：「老了，被鬼頭刀魚瞧不起的年歲。」

「但，你是被全島的族人尊重的人啊！」我說。

說完，夏本・心浪因為沒有釣到鬼頭刀魚臉部神情瞬間回歸到如海底沙灘靜止般的沉靜。這是今年五月六日時的事情。

達悟族出海釣鬼頭刀魚，是藉著自己建造的拼板船出海作業，出海的目的無他，只是履行我們傳統達悟男人與海神建立的契約，煞是我們的天職。

對於一般的人，尤其是生活在都會的人，一切生產的目的皆建基在貨幣經濟的利潤上概念，簡直是不可思議的另一世界，更是無法領會的生活經驗。游泳已經是很恐怖的事了，更何況是獨自一人在汪洋中划船釣大魚？

那天傍晚，我跟夏本．心浪說：「叔叔，我可以划你的船出海捕飛魚嗎？」

「去划吧，孩子。船原來就是讓人在海上划的啊！」他說。

有月亮的晚上，在海上的感覺特別的明媚，天空的眼睛也特別的令人心曠神怡，一切寧靜的空間，就是讓我全神灌注在期待聆聽飛魚衝漁網的聲音。此時，我一面捕飛魚，一面享受大自然原來的寧靜世界，月亮照明的海面，在午夜過後，即望不見一條船舟，彼時在海面上的孤獨，讓我回想自己在十六歲的夢想：趕緊離開這個島嶼，到台北追逐我未來美麗的夢。四十歲過後的我，原來要實現我的夢想的，其實就是要靜靜的享受這一刻的寧靜，重新擁抱人與大海的平等關係。在這世上有多少人可以很自主的為自己闢出類似這種空間呢？尤其在海上。

獵戶星座，達悟的話，說是三兄弟星星，她們就在我頭頂，因爲有她們的照明與庇佑，使我有膽識划向離部落灘頭一海浬的外海釣大魚，嘗試在午夜把海洋視爲我的床，在部落裡當清晨返航的男人。好孤獨的人，好孤獨的船，其實釣飛魚季節迴游大魚說來是我的次要目的，清晨返航的男人是次次要的儀式，最重要的就是要靜靜的享受這一夜的寧靜，洗滌我十六歲時迷惘的夢想。

午夜過後，我國中時期的老師，陳其南先生可能是喝了咖啡睡不著吧！我的手機突然音響。我右手抓魚線，左手握手機，說：「哪位啊？」

「我是陳老師。」

「老師好，有事嗎？老師。」我說。

「老師有些事情想請你幫個忙，請你拿筆記些事。」

「老師，我右手抓魚線，左手握手機，我現在正在海上捕飛魚，也正在思考我們達悟民族未來『希望的夢』，不過手上沒有筆，當然也正在醞釀《中年人與海》的小說故事，老師。」

「老師，你該來蘭嶼與我在海上捕飛魚，並在海上對話。」我說。

「哈哈哈……」老師的笑聲像是我們二十年前說笑話給他聽時的笑聲樣。

也許，老師在那一刻正在回想三十年前的蘭嶼夜空、蘭嶼飛魚吧！我想。

一小時後，手機又再次的音響，說：「男人啊！還不返航嗎？」孩子們的母親宛如微微的浪頭拍船的溫柔說。

「飛魚不多，不過天空的眼睛很多，我在等飛魚群。」

「有早餐的食物即可啊！回來吧！孩子們的父親。」孩子們的母親說。

我明瞭，孩子們的母親很累，白天在田裡頂著大太陽工作，晚上如部落的婦女一樣，等待捕飛魚的先生回來。

回航的途中，我想了許多的事。我的每一槳都是希望延續父親的記憶，這一本書是獻給他的，以及身處在兩地的家人：新鮮的飛魚獻給八十來歲的雙親，魚乾是侍奉生活在台北的孩子們。

凌晨兩點多，回到部落的灘頭，三十多尾銀白色的飛魚放在海水退潮後的鵝卵石上，舀一掌的海水灑在飛魚群上，祝福牠們飛到我們陸地上的島嶼。我獨自地在灘頭刮魚鱗，無數的微浪在潮間帶拍打我的雙腳，魚鱗的銀光此時業已失去生命的光澤，此景此刻，讓我想起我青少年最尊敬的好友吉吉米特的話，他說：「我在遠洋船的海上生活，我最痛苦的事情是——我不會寫中文字，所以我寫給我母親的信就是每一波的浪頭，是我永恆不間斷的祝福。」三十年後的今天，我在午夜的海上漂，但我不知道吉吉米特漂到何處？

此刻，我願以我的好友吉吉米特的話感謝關心我們的朋友們，無論我們是否認識。如果我們是認識的好朋友，讓海平線維繫我們的友誼。

大海是我的教堂，也是我的教室，創作的神殿，而海裡的一切生物是我這一生永遠的指導教授。

清晨之後，八十一歲的夏本，心浪又出海了，只是爲了實現「有希望的夢」。

——醞釀於捕飛魚的時候——蘭嶼八代灣

【第一卷】

海的美麗與哀愁

海浪的記憶
海洋的風
浪濤人生
千禧年的浪濤聲
望海的歲月
再造一艘達悟船

夏曼．藍波安

海浪的記憶

海浪是有記憶的，
有生命的，
潛水射到大魚是囤積謙虛的鐵證，
每一次的大魚就囤積第二回的謙恭。
射到大魚不是了不起的事，
但海能記得你的人，
海神聞得出你的體味，
才是重點。

因爲有很多天空的眼睛的微光，讓我們明顯地辨識黑夜裡島嶼的黑影。我們繞過岬角的激流湧浪，避免頂流迎波。已故的小叔在船尾穩穩地掌舵，星羅棋布的星星，微光在他厚厚的肩背反光，清爽的夜色，柔軟的海面恰是飛魚季節正常的氣候。

划了一百多槳的光景，小蘭嶼在星空下成了凸出於海面的影子，祖靈休憩的島嶼。九人十槳，動作劃一是經驗豐富的槳手們的組合和默契，各個皆顯得精神抖擻，意志堅定。暗流湧浪讓航道曲折，約莫划了三百多槳時，海流流經的海面的吸氣與吐氣的間隔拉長了，海面吸氣時，船身便浮在浪頂，吐氣時便盪到浪谷。開始的當頭，也許是四、五十槳吧，我們十個人並未意識到海的吸氣、吐氣是正醞釀脾氣。已故的舵手——小叔，氣宇堅定地站立操舵，而坐在船首的我卻感覺到波峰與波谷拉長了距離之不祥預兆，涼涼的風吹拂我們熱熱的臉。

海在吸氣時，我們的船身被抬到最高點，發現高度竟然與船尾的小蘭嶼的影子同高；海吐氣時，船在深深的、黯黑的波谷，除了天空的眼睛在頂頭外，四周竟發出吵……吵……的浪影呼氣，似是惡靈的鼻息音。起初的情景在星光的照射下，並未令我們這些經驗豐富的槳手有一絲的恐懼。然而，海浪的吸氣、吐氣的間隔越來越長，在這段期間，迎頭趕上的浪頭煞似一座小島的黑影就要淹沒我們的船的感覺，也像惡靈伸出舌頭地令人毛骨悚然，陰魂不散。我們划著船，所有的人感覺海浪的呼吸，就著微弱的星光，我看清楚船慢慢地被浮在浪頭，十個船員動作一直地向前傾且握緊槳使力地划，爾後又慢慢地推往波谷，我們又往後仰，但停止划槳，波峰與波谷的落差高度大約有二、三十公尺，恐懼在心海孕育。我難以形容迎頭趕上的整座浪頭就要吞沒船隻的心境，一波又一波的，我們所有的航程就是在這個過程中進行。也許，已故的小叔心中也充滿恐懼吧！他突然地高喊，吟唱：

孩子們，划吧
我們越過了最艱險的激流
但海浪的脾氣緊緊尾隨在船身
願退潮的海神節省我們的體力
願漲潮的海神削弱你的怒氣
航行的過程　飄送婦人烘烤
豬肉的香味
願豬肉的油浮在海面

讓船靈早些在沙灘上休息

用不完的體力，流不完的汗，好像海神在試煉我們的鬥志，厚實的浪頭把我們抬到天神的門，也把我們拉到惡靈的隧道。船在波谷的深處，我不敢睜眼仰望接下來的如一座島嶼大的波浪，眞希望當時上帝認識我們。忽然間，船隻再次地被海浪抬到波頂時，船身掩沒在雲層內，天空的眼睛突然消失。我感到冰冷，我們在黑色最深的波谷，雲層撒下如拇指般大的雨絲，打落在身上沒有些些的舒服，反之是疼痛。我們拚命地划，好像沒有了心臟。雨與風，還有不間斷的一波又一波很厚的浪頭，展現大自然徹底的無情。我們的恐懼，此時轉換成對祖靈誠懇的祈求。十個槳手唸唸有詞在口中、在心頭，大自然的怒氣掩蓋我們有情的祈禱，暴雨、大浪是增加我們的恐懼，也增添我們對生命的珍惜，就是不加強我們的力量，消耗我們的祈求。祈禱無效是因教堂、神父太晚來到我們的島嶼，當時，我想。

已故的小叔不斷地激勵我們，而我們也像傻蛋般拚命地划。雨下得好像天空破了大洞似的狂洩，雲層低得看不到四公尺後掌舵的已故的小叔。我害怕，害怕惡靈太靠近我，我用手摸摸比雨水溫暖的海，讓她記憶我們的勇敢。很久、很久地划，我們眞的累了。突然，已故的叔父說，說得很大聲：「我們就要抵達我們的島嶼了。」

我們像沒有心臟，也像大傻蛋又拚命地划，七、八十槳後，已故的小叔命令我們停止搖槳，且說：「我們又回到原來返航的原點——小蘭嶼。」我猶如被捕上船的飛魚，瞬間喪失了對海洋的迷戀，彼時，只能用「死」來形容我的疲憊與對海洋的「恨」。

船懸宕在岬角的激流上，誰也沒有搖動櫓槳的勇氣。是淚、是汗、是雨、是沉默、是黑夜、是飛魚，是什麼東西吸引我們來到海上，夾擠在烏雲下與浪頭上折磨體力呢？划了一整夜的船，最後又折返到原來出發的原點，是滂沱大雨抑或激流暗湧呢？也許是黑夜的惡靈。

叔父夏本・賈夫卡傲叼著菸微笑地看著我們三個堂兄弟，故事說完了。大伯坐在門邊輕輕拉開雙唇，露出驕傲——屬於老人靦腆的笑靨，父親坐在大伯的右邊，拍拍弱化的胸肌說：「但願時光倒流，讓我們的勇敢，讓我們的氣宇，讓我們……能被晚輩欣賞和尊重。」

父親說完他的話，我和兩位堂哥，彼時用杯裡的米酒勇敢地吞下他們的勇敢。父親和他的兄弟三人，彼此用眼神交談，舉著杯裡的米酒跟我說：「我們的孩子，你，夏曼‧藍波安，謝謝你的浪人鰺的大魚。」

「海浪是有記憶的，有生命的，潛水射到大魚是囤積謙虛的鐵證，每一次的大魚就囤積第二回的謙恭。射到大魚不是了不起的事，但海能記得你的人，海神聞得出你的體味，才是重點。」大伯如平浪的語調的話深深地嵌入我的腦海。我的肉體如此貼近父親三兄弟的眼簾，他們的思想卻離我塡滿複雜的方塊文字的頭那麼地遙遠，來到最接近自己祖靈的地方，也是最最遙遠的人生旅程。小叔丟下他的微笑，大伯在我心中刻下堅強的氣宇，而父親帶著他的沉默親吻酣睡的孫子說：「海，記得我，但願海也記得你，從我膝蓋出生的達悟。」

——本文刊載於《人本教育》札記二〇〇〇年五月號

海洋的風

海平線起的第一道波浪是人出生的開始，
每個人皆象徵屬於每一道波浪，
而波浪的起伏便是每一個人的人生際遇，
有高潮、低潮，隨著海洋的風，
波波地移動到島嶼的四周沿岸，
而後宣洩，或是消失，或是死亡。

夏末秋初的夕陽，總是讓外來的人覺得住在小島上的人很幸福，很天真，很知足。

微風來自島嶼的南邊，從海平線吹起，掠過千頃萬波，夾帶鹹鹹的溼氣黏貼在植物的葉片上，也黏貼在人們的肌膚表面，久了之後，樹葉便枯黃了，人們也覺得煩了。不過，有的時候天空上的雲也會很有節奏地配合著海洋的風掠過島嶼的上頭，島上的老人總是說著，下層雲是最不乖巧的小孩，總是忽東忽西的，忽南又忽北，中層雲是中年人，比較穩重，接受上層雲的老人的經驗知識然後教育不乖巧的小孩，而千變萬化的雲朵也像人心一樣地複雜，不曾有過相似模樣與色澤顯影在人們的視窗；其次，也形容海平線起的第一道波浪是人出生的開始，每個人皆象徵屬於每一道波浪，而波浪的起伏便是每一個人的人生際遇，有高潮、低潮，隨著海洋的風，波波地移動到島嶼的四周沿岸，而後宣洩，或是消失，或是死亡。

深深的黑夜有道歌聲來自柴房，柴光燃亮柴房的局部，也燃紅父親老邁的半邊臉，歌聲與柴煙一道從房門縫隙鑽出門外。悠悠自如的歌聲旋律宛如平穩的波浪，令人沉醉在乾淨的歌聲、乾淨的人、乾淨的天、乾淨的海，寧靜的夜，歌詞恰是父親形容自己的一生是一波波的浪，宣洩的浪是他老人一生眞實的寫照，浪沫是存在的記憶，也是不斷被淹沒忽視的記憶。他的歌聲海浪聽得懂，卻被海洋的風帶走，島上的年輕人因而聽不懂；我聽得懂，也瞭解，而且也深深地體認到父親吟唱古調歌詞的心境。不只是父親在夜間經常哼唱，全島的老人皆喜歡在深夜的寧靜向深夜述說心聲，只有在這個時候，他們才感覺得到海洋的風在傳達祖先的知識與對過去的時光、過去的人、過去的記憶的思念。

我沉醉在夜的寧靜，沉醉在父親的歌聲，細心地思考他的歌詞意義及其象徵意涵。此刻，天空飄著小雨，父親改變坐姿，讓熊熊的烈火溫暖冰冰的背肌，他看著門外的黑夜，自言自語地說：「但願時光倒流。」也許，他希望回到過去的時代，回到沒有雜音的日子，回到老人被下一代尊敬的時光，懷念過去單純的生活是老人生活的一部分，父親何嘗不是如此呢？我專心地聽著他的歌詞。有時就像停停又下下的雨一樣，已經不像前幾年那樣地一口氣唱完一首歌，停頓中總是會加一句話說：「怎麼不記得了呢？」然後又重複地唱，直到他認爲唱得沒錯爲止，這是父親每個夜晚驗證自己還有記憶的功課。

母親走進柴房，命令父親讓一個空間給她，我聽到母親敲碎檳榔的聲音，這是她每次起床後最重要的工作，她附帶地說：

「一個大老人，哪有唱不完的歌？吵死人了。」

「妳不是重聽嗎？怎麼聽得到我的歌聲呢？」

「一旦你唱歌時，我的耳膜就被刺破。」

也許父親爲了夜的寧靜，也許也瞭解妻子不諷刺的男人就不算是女人的先生，所以讓母親的耳朵回到無聲，也讓自己正面回到觀賞木柴燃燒的變化，柴燒光時，就不得不上山撿木柴，這是他二十世紀初小時候到現在二十一世紀初已經老的時候不曾忘記過的工作。他總是對我嘮叨地說，只有木柴煮的東西，他才要吃。「你剛剛說什麼？」母親突然地問父親。

「神經病，我哪有說什麼話？」父親說。

「沒有，那剛剛說話的是鬼嗎？」

「當然是鬼呀！難道是我嗎？」父親顯然厭煩母親坐在旁邊地說。

「爲什麼，我越老越愛說話呢？孫子的祖父。」媽媽微笑地說。

「是魔鬼敲開妳的嘴巴的啦！」

「但願我死之前把話說完。」

「看妳越老越聰明，怎麼可能說得完呢？」

「我們去教堂，星期日是明天，好嗎？」

「妳瞭解上帝的話嗎？」

「有人翻譯啊！」

「我要上山撿木柴。」父親說。

火勢漸漸地小了，母親於是分散赤紅的餘炭，好使鍋裡的芋頭保溫到清晨。赤紅的餘炭溫暖了柴房，也溫暖著兩位老人的肌膚，直到我們的豬清晨走來頂撞柴房的門時，母親方說：「天已經破了。」

就像母親一樣，有時候，嘮叨是她的最愛，我的最愛是潛水射魚，也像父親撿柴一樣，是每天例行的工作，只是經常被孩子們的媽媽說成「潛到海裡逃避賺錢的男人」。島上的女人總是懂得看海卻不懂得如何從先生的漁獲體驗男人在海裡潛水抓魚的心酸，彷彿達悟的男人抓魚養家是原始的責任似的。

海洋的風從南邊徐徐地吹來，在秋天感覺起來比夏天舒服多了。我家養的母豬帶著五隻小豬在院子邊注視著正在吃早餐的父母親，吃著爸媽丟棄的地瓜、芋頭皮以及一些魚骨頭。

「希望你們乖順，待在你們的房子，別去芋頭田吃他人家的芋頭，免得我們被部落的人詛咒。」母親對著豬群說。

「Ki ki」的聲音彷彿在表示說：「我們沒有，我們沒有」的意思。

父親提著豬的早餐往牠們的欄舍方向走，一群豬頭跟在爸爸的後邊，嘰哩咕嚕、嘰哩咕嚕地叫著，牠們是認得出主人的臉，聽得出主人的聲音。小女兒也跟在她的祖父的後邊，臉上笑著觀看這群小豬鑽頭擠尾地吃早餐。一頭黑白斑點的小乳豬是她最喜歡的，她手上總是留著一個地瓜在豬群們吃完早餐後，親自地餵牠，然後才跑步去上學或著上主日學，久而久之，這也成了小女兒每日例行的工作。

天主教堂的鐘聲響起，擴音機傳來請教友上教堂的聲音，沒多久基督教的擴音機也傳來請教友上禮拜堂的聲音。

天主教堂位於部落的上方，可以清楚地看到部落的全貌，就像上帝鳥瞰地球一樣地清晰，彼時教友們在教堂內用達悟語唱著：

我們去教堂祈禱
祈禱在上帝的面前
我們在上帝的面前

洗刷我們的罪過
因爲罪大惡極我們
……

「教堂傳來了歌聲，孫子的祖父，我們走吧！」母親對著父親說。父親正專心地磨利砍柴用的鐮刀好像沒聽見母親說的話。母親從地上撿了一個小鵝卵石丟向父親，父親看了媽媽一眼地說：

「幹嘛丟我石頭？」

「你的罪很大，星期日是今天，我們去教堂。」母親笑著說。

「妳自己去吧，我哪裡有罪？」

「每個人都有罪，上帝說的。」

擴音機再次地廣播請教友上教堂的聲音，美妙的歌聲〈我們去教堂祈禱〉穿進部落裡每個人的耳膜。母親往教堂的方向走，臉上露出喜悅像是虔誠的教友，父親推著雙輪推車，車上放一把斧頭、一把鐮刀以及一綑繩索往太陽出來的方向走。

「是你自己不走天堂的路，別責怪我沒跟你說。」媽媽在他們分開的岔路跟父親說。也許父親想著他的工作，就像我的祖父一樣，在他去世以前沒聽說過有教堂、有上帝，只知道從古老的傳說聽說過，有一群人住在人的肉眼看不到的宇宙裡。「爲何蓋了教堂，有了外國神父之後，我們無意中都變成了罪人呢？千年來我們的祖先都是在沒有信仰上帝下生活的，生活是那樣地平靜，那樣地有規律，人與人之間又如此地相互彼此尊敬，哪像現在那樣地沒秩序？」父親邊走邊說。

海洋的風微微地吹來，我正坐在涼台上看海，孩子們的母親提著聖經與詩歌本準備去做禮拜，問我說：

「你不去天主教堂嗎？」

「等一下我就去。」我說。

「等一下就是中午了，那不是你要下海潛水的時候嗎？」

「我會去啦！」

「別把海洋當做是你的教堂，教堂在陸地上不是在海裡。」

「我知道啦！」我像綿羊似的溫柔回道。

其實，孩子們的母親早已察覺到我對海的熱情，才說那句話。我雖然也十分明瞭她要我上教堂的好意，但她絕對不了解我在海裡欣賞那些魚兒的快樂，有時候想，海裡的綺麗世界還眞像是我的教堂，我的教室，但也不諱言，我在下海之前會非常自然地在臉上、胸前畫下十字，這樣的儀式也許算得上是虔誠的教徒，我想。我知道，聖經裡敘述耶蘇傳教時，是以大自然作爲祂的教堂的，雖然我的眼前沒有十字架，沒有神父在傳福音，但一波又一波的浪宛如聖經裡的每 章節、每一頁的道理，未曾在我腦海間斷過。

一如往常的，午後的兩、三點，我來到了我想潛水的海域，或者說是我的教堂吧。昨天的這個時候，上千尾的紅、黃尾冬魚順時地或逆時地在海底繞著我的影像如鐵一般的仍烙印在我的腦海，那一股難以形容的興奮是千萬個心願，希望再去潛水看看這群悠悠自如的、喜歡浮出海面吸吮海洋的風帶來的浮游生物、長相卻都是一樣甜美的魚兒。上千尾的魚兒同時吸吮浮游生物時，海面因而呈現出一片黑影，黑影隨著海流漂移，彷佛是一塊被搬動的礁石，有時往東有時往西，直到牠們吃飽潛入海裡或是被敵人侵略的時候方消逝。這種映入眼簾的眞實影幕，若不潛入海中，還眞的不知道這群魚兒的可愛與頑皮，有時自己在海裡像白癡一樣地白個兒笑了起來，有時趴在礁石上動也不動地吐口氣，在氣泡漂浮浮出海面前，瞬間數不清的魚兒密密麻麻地立刻衝來我眼前，爭先恐後地戳破氣泡，奧妙的是，牠們彼此之間就是沒有「撞車」的事情發生。

海洋的風在前面引領我的靈魂，我擁抱喜悅前往，我的心臟在跳動，蒸騰我的喜悅，我的皮膚在呼吸，呼出驕傲吸進謙虛，十來分鐘後來到了目的地。我坐在礁岩上讓心臟的脈動歸於原來的頻率，眼前恰有兩艘台灣來的竹筏正啓動著引擎，緩緩地朝著台灣的方向駛去。他們是空著魚艙順著海洋的風來的，也許，他們現在的魚艙已經塡滿了，心情愉快地頂著海洋的風返航吧！我想。此刻，我欣賞著兩艘竹筏駛過海面留下兩條平行筆直的銀白浪沫，浪沫煞是海洋的項鍊。遙遠的海平線可以清晰地看到恆春半島，兩條平行的銀白浪沫對準著它，也許在兩、三個小時以後，項鍊在他們進港熄滅引擎後自然地消逝了。不過，他們會在很短的時間內帶著海洋的項鍊又順著海洋的風再次來到我們的島嶼。

說來奇怪，兩艘竹筏消失在眼前以後，原來熱騰騰的胸膛漸漸地冰涼了起來。我的朋友夏曼・安然義牧師開車駛過我身後高喊地說：

「我的朋友，哈利路亞！」

「天主保佑！我的朋友！」我也高喊地回道。

波波的微浪不間斷地拍擊岸邊的礁岩，這是陸地與海洋幾億萬年以來一直在持續的戰爭。父親從祖先的傳說故事那兒聽說，是因爲海神不希望我們達悟族有太大的島嶼，所以以駭浪阻擋陸地的擴張，我不知道，這是不是眞實。然而，父親說，海洋是「分配食物的主事者」，這句話的意義我是明白的，在達悟族的觀念裡：飛魚季節不捕撈近海的底棲魚，非飛魚季節不捕撈飛魚，這是讓海裡的魚類輪流休息。初民民族傳說故事的眞僞不重要，重要的是初民民族以超自然的觀念，萬物有靈的信仰來維護自然生態的平衡，也許因爲這樣，在我每次潛水前都非常虔誠地祈禱，默禱海神保佑我。此刻，我入水前的儀式並沒有忘記，只是我先前的興奮早已冰涼得不再升騰了，在兩艘台灣來的竹筏消失以後。虔誠的默禱是我在建構昨日上千尾的魚兒能夠再次地出現在我眼前的海底美景，此可遇不可求的、有生命的、有情感的、有季節的動態螢幕，正是吸引著我日日徒手潛水的動機，也是我累積敬愛有生命的生物的泉源。

大伯曾經告訴我，他與我父親年輕時在海裡徒手潛水的親身經歷：大約在秋末冬初，有一次他們巧遇上千尾的浪人鰺，大大小小都有，小尾的魚身長度約一個手臂，大尾的魚全部比我們人還大，小尾的在上層，中的在中層，大的則在最底層，不用數有幾百條，就單單注視著這些魚群如拳頭大的眨也不眨一眼的眼珠，就夠你尊敬牠們，海裡是個無奇不有的奧秘世界。那天晚上，我的夢告訴我說，那是一群死在海裡的日本兵，這是我這一生最值得回憶的往事。當然，要是讓我現在遇上那群浪人鰺的話，我是死而無憾的。

我逐漸地游近昨日的潛點，海水十分地混濁，不過潮流還算穩定，不會消耗我很多的體力。

——本文刊載於《人本教育》札記二〇〇一年五月號

浪濤人生

對達悟的男人而言，尤其是老人，
海面永恆波動的波紋宛如他們腦海裡的腦紋，
記載著祖先神話般的故事，
以及他們這一代的盛年歲月；
誠如大伯常掛在嘴裡的話：
「海浪不斷翻開我的記憶，
當我失去海洋給我的回憶時，
就是我逐漸結束生命的日子。」

大伯手持著手杖，左右搖晃地從家屋沿著水泥的巷道走到馬路邊的堤防，坐在正在散熱的堤防上看著夕陽，也等著夕陽緩緩地落海。

家父抓緊腰間鬆了橡皮的短褲，移動雙腳，其雙腳前後移動的距離只有十公分左右，眼中隱藏著深邃而難以言喻的落寂感，也沿著水泥的巷道走到馬路邊的堤防，坐下來看著夕陽，也等著夕陽的落海，在午後過了三分之二的時候。

大伯坐在堤防的那一端，家父則枯坐在左邊的這一頭，兩人相隔的距離宛如他們八十九、五的相仿歲數，他們緊密的雙唇嘴線，已不如海平線那樣地筆直，但卻散發出同等的令人難以體悟的憂鬱。他們七十六歲的弟弟則在堤防下的沙灘上細心地整修其雕飾的船，這是達悟男人在出海抓飛魚之前該做的工作，當然，部落裡仍在出海捕魚的男人中就數叔父年歲最大。大伯與家父說是看著夕陽落海是事實，誠如他們經常跟我說：「老人的太陽已經很低了。」的意思是一樣的，形體看在眼裡的落寂感是可以被體會與理解的，然而，他們腦海裡的思維卻如夕陽映射在海面的無數浮動波紋，是我們這一代的人百思不得其解的，套上他們的說詞：「下一代的達悟人還沒有理解海的內心世界。」

近幾年來，當他們不再划船出海抓飛魚的時候，在飛魚汛期間，他們始終是不約而同來到堤防上數船隻，結果每一年的答案總是相同，說：「船隻越來越少，眞懷念過去的男人所建造的船隻佔據整個沙灘的情景。」太陽落海後，他們總是說著這句話回到他們被乾柴燻黑的房間，想著過去甜美的歲月，回憶因飛魚的來到被蒸騰的喜悅灑落在部落的上空。在我與他們生活在一起的觀察與內心的體會是——日日在變換翻騰的汪洋是減少他們失去記憶的螢幕，而沙灘上俊美的船舟是他們維持體內細胞蠕動的原始動力，他們始終以爲，現代的男人非常懶惰，只想坐享其成地等著他人送飛魚而不再造船去捕魚，至於部落民族社會在涵化的過程中面臨價值觀轉型的數不清的困惑與矛盾，並非是他們思考的面向。

「老人的太陽很低了」漢語的說法是「歲月吹人老，往事不堪回味」，於是往日在海上破浪逞英勇的歲月故事，僅說給予他們同等和海洋有情感的人聽。對達悟族的男人而言，與海洋有情感是不難理解的話，再者達悟男人不會游泳，不從事海裡的漁撈生產，不出海捕撈飛魚，達悟的俚語形容的其中一句話是「被部落裡的家屋之煙火燻的男人」，意思是燻飛魚的煙火青煙裊裊昇華，他的家因爲沒有飛魚燻煙，只好聞著其他家屋冒出的煙，直接了當且隱藏很深的諷刺意味是——不出海捕撈飛魚的男人是依賴女人體溫生活的次等人。所以，海洋作爲達悟男人從事生產的場域，作爲定義達悟男人之社會位階的對象，長久以來，抓魚於是成爲達悟男人的天職，如此之價值觀依然深植在達悟社會父執輩們的心中。

十多年來了，大伯與家父業已從海裡的生產者，退居爲海鮮貝類的消費者，日子過得因而百般的無聊，偶爾走到部落附近的田地來工作以消磨時間，而泰半的時間都枯坐在涼台或者在部落的某個隱密的地方發呆看海，成了名符其實的——看海的老人。

海，有什麼好觀賞的呢？她只不過是風平而浪靜，風高而起浪濤而已，頂多在風和日麗的傍晚，海平線映入眼簾的夕陽無限好的景致。然而，對達悟的男人而言，尤其是這般的老人，海面永恆波動的波紋宛如他們腦海裡的腦紋，記載著模糊朦朧的祖先的祖先之神話般的故事，以及他們這一代過去的盛年歲月、與海浪搏鬥的永恆記憶；誠如大伯常掛在嘴裡的話，說：「海浪不斷翻開我的記憶，當我失去海洋給我的回憶時，就是我逐漸結束生命的日子。」這句話深深打動我的心，給我無限的思考，我於是一直想著這句話，刀刻在我最深的心底試著體悟與解讀。

法國人類學家李維．史特勞斯（Claude Levi－Strauss），在其著作《憂鬱的熱帶》（*Tristes Tropiques*，王志明譯，1989）裡，曾寫過一句話說：「他們（指巴西叢林裡的某部族）就坐在我身邊一呎的地方，但我感覺到他們卻像是遠在天邊的人，對他們腦海裡想的一切，我是一無所知。」

我八十三歲的母親，如今已雙目失明，與大哥住在一起。大哥好幾次向我訴苦說：「媽媽很喜歡有月亮的晚上，但她出屋納涼賞月時，都是跟已死去的人說話，好像在練習過陰間的生活。」

母親搬回她原來的部落，父親從此失去了對話的對象（說話的另一意義是心臟還在跳動），除了海的變化尚可延續其記憶外，每個夜晚他都在吟唱，是他減少失意的方法（偶爾分不清是早晨或黃昏），而我是父親在黑暗的角落裡最忠實而唯一的聽衆，然而更多的是，如母親一樣，經常與已死去的親人說話。

近幾十天來，大堂哥因爲生病，令大伯他老人家日日愁眉不展，心神不安，九十歲如他因而經常坐在爐灶前生火燒開水給七十歲的兒子喝，有天大伯來我家說：「孫子的父親，來我家看看。」說完便走人了。之後，我坐在他們簡陋的涼台等他來，大伯夾不住雞蛋的雙腿緩緩地走來，走姿猶如珍．古德女士研究的黑猩猩的模樣，當然這並不是與生俱來的走姿。

我從窗口縫隙伸頭探望躺在木板上生了病的堂哥，此刻，其側身的睡姿就像孕婦子宮裡的胎兒樣（也爲達悟人臨死前的傳統睡姿）。我坐在大伯身邊，偶爾仰望由北往南飄移的雲層，時而專注看著大伯失落且失去焦距的眼神，過了一會兒後，大伯抓緊我的雙手注視著我說：

「孩子，我孫子的父親，

「老人如我如沙岸上泛黃的浪沫，

「任浪濤淹沒的一無是處，

「盼望你不要遠離，

「我正需要你移動漂流木（屍體），

「苦了他林木沒有葉片（膝下無子嗣），

「老人的話，你把它休息在你的內心深處。」

接著敘述說：「這些天我都夢到黑影經過我家屋前的空地，我感受到你堂哥的一些靈魂在荒野迷路，我的靈魂雖然很剛強，但抵抗不住衆多的孤魂野鬼，尤其是你堂哥掉落下來的那棵樹（指他已故的妻子）更惡毒（咒語）地要帶走你堂哥的靈魂在陰間孝順她。我如此說，你是瞭解我的話的意思。」

海洋作為達悟民族生產的、消費的、思考的對象，以及觀測天候、孕育知識經驗的場域，上千個年頭的歲月，其間達悟的祖先無論是從北方來的或是從南方漂來的，事實上，數不清的生命被淹沒在汪洋的每一道浪頭與波谷（達悟的口傳歷史，這一部分祖先乘風破浪的英雄事蹟是空白的），最終隨風漂流到我們的島嶼的小海灣，並在那兒生兒育女。即便是神秘的藍色汪洋吞噬了無數祖先之善靈，但存在於達悟的語言中卻沒有一句形容大海是恐怖、險惡之類的話，於是在秋初夏末（達悟語沒有這一句）之際，凡有船隻的男人都要盛裝去海邊貢獻祭品予祖靈、海神、孤魂野鬼，之後另一份獻給近代祖先的祭品則安放在家屋的西北方。

好幾回，家父生病期間的飛魚季節，我夜間捕飛魚，白天釣鬼頭刀魚，都會讓他的病情很快地好轉；飛魚整齊地晾在家屋前，搭配著大尾的鬼頭刀魚，會同家父的銀帽，我與孩子們的母親的傳統服飾、金飾等，看在父親的眼裡就是他整體的世界。

「如果我有選擇，我會選擇不是飛魚季節的時候死亡。」父親說。

「孩子，我已徹底地不再期待你的堂哥們膝蓋凸起（有後代），但我將掏心地難過，如果一棵樹斷根倒塌（指堂哥不幸去世的話）在這飛魚季節期間的話。」大伯似是嬰兒的音量跟我述說。

「現代的醫療不像以前那樣不好，哥哥會被醫治好的。」我說。

「但願事如人願，但願我回到海上划船的歲月，回到沒有機會生病的日子。」他看著大海說。

事實上，歲月是不可能回到過去的，但我們是可以把思考的空間拉回到過去的某個時段，合理化地解釋部落耆老們生存的客觀環境、建構的思維，包括他們的宗教信仰。

夏曼．阿泰雁死於海裡，年輕一代的族人說是因爲「喝酒」導致的結果，部落的族人說是因爲回到家之後，再次地回到海裡潛水是觸犯了大海作爲生產對象時，心中存有「貪」的慾望（禁止第二次潛水抓魚）所致。

夏本．心浪（夏曼．阿泰雁的父親）今年已八十一歲，但他仍然划著他的船出海釣鬼頭刀魚，湛藍的海面被熾熱的陽光照射，孤舟單影的，心中仍如年輕時慾望強烈地企盼鬼頭刀魚上鉤，其神情散發出的那股沉靜與自負，鑲嵌在我心底。回到部落，我掏心問他說：「不灰心嗎？釣不到鬼頭刀魚。」

「從我們的祖先只有抱著希望，豈有灰心的念頭？孩子。」

「不會累嗎？」我又問。

「也許，在我不能走路的時候，我才休息不出海。」他笑著回答我的話。

夏曼．阿烏曼（筆者的同學）駕駛著某個漢人的快艇，也在很遠的外海罹難，漢人說是因爲船底破了洞，夏本．阿烏曼（同學的父親）掏心而無奈地說：「是因爲孫子的父親不遵守飛魚神給我們立下的禁忌——禁止在飛魚汛期間釣海裡的底棲魚所致。」

十五年前，部落裡的好好先生夏曼．伐度卡溺死於離岸邊只有五、六多公尺，僅三公尺深的海溝，部落的人找了一夜未果，翌日清晨，更多的人再次入海尋找，其中一個酒鬼剛入海不到一分鐘的時間就看見屍體（部落的說詞是——顯影給最尊重他的人），死因是「貪」，而被沿岸的野鬼陷害（當時一斤白毛魚的價格是壹佰伍拾元，他每天下午花兩個小時潛水射魚，所得是兩千元以上）而非酒精。

我個人非常喜歡下著細雨的冬天，昏暗的天空與灰色的海面景色，這一點宛如是我性格的寫照。現在，反而成了最令我憂心的天氣，因爲家父的心情跟著天氣的好壞走，他說：他是多麼地希望，如果他能選擇的話，結束生命的日子在秋冬（空閒是思念親屬的最佳時段），讓我多加思念他。幸好，現在是我們達悟的飛魚季節，而飛魚一直是大伯與家父蒸騰細胞活絡的柴薪。

前幾天，我的部落剛舉行夜間捕飛魚的儀式，首航之夜，叔父邀我與他同舟捕飛魚。十二年前我回部落時，船隻俊美排列在沙灘上還有二十七、八條，如今並行排列在潮間帶，等著眼前的夕陽落海，日光漸趨昏暗後出海的，只剩八條船了，但坐在出海船隊後邊的沙灘上，卻有二十幾位壯碩的中年輕人，觀賞船隊在入夜後的出海景致。

防波堤上的路燈開啓，我與叔父同時往後觀望排列坐在防波堤上觀賞船隊出海的人群，有小孩、婦女、老人及外來的觀光客。叔父看到，而我也知道他的兩位哥哥分別坐在防波堤上的左右兩端，也在觀賞船隊出海，但在他們心中更多與其他觀賞人不同的是：腦海裡已建構了正在進行的螢幕，螢幕裡的每一波浪掀開他們過去的記憶。

叔父與我首航的漁獲，在出海的船隊裡算是最好的。在返回部落的港澳時，路燈輻射到沙灘上，沙灘上一尊孤影在等待回航的船隊，等待他的弟弟和他的獨子。銀白色的飛魚攤在潮間帶的沙灘上，父親坐飛魚群邊笑著說：「弟弟、孩子辛苦你們了。」

「哥哥好，不會冷嗎?哥哥。」

「剛剛我在這兒睡著了，聽見划槳的聲音就起來，我看看船形，就確定是你的船，弟弟。」兄弟倆的話東南西北地講個不停，叙述過去的總總，我聽得入神，聽得血脈沸騰，讓我的記憶回到過去在海邊幫父親刮魚鱗的情景，此刻，父親彷彿是當時的小孩子的我。

父親坐在我身邊看我殺飛魚，看到太陽戳破海平線上的黑幕。天亮了，孩子們的母親說：「請大伯與堂哥們吃熱騰騰的飛魚吧！」

小女兒坐在大伯身邊，看著她的大祖父吃飛魚，心情是愉快的。我們一夥人看著大伯吃飛魚，大伯喝了一口熱湯，對他的弟弟說：「我的胸膛在沸騰。」父親重聽沒聽見，好像白說似的。

父親與大伯，這一生唯有飛魚才能讓他們的心情愉快，而他們的笑容宛如波波的浪花，一遍又一遍地刀刻在我的心海。

「大海在蒸騰我的胸膛。」我說，在我的心脈。

——本文刊載於《聯合文學》雜誌二〇〇二年六月號

夏曼·藍波安 文

千禧年的浪濤聲

校鐘終於響了，
正式宣告二十世紀最後一年的倒數計時。
這一刻，千千萬萬的人用數不清的語言，
數不清的信仰在祈福；
高漲而複雜的祈福情緒又如波浪般的奇妙，
起起又落落，落落又起起，
波峰與波谷不停地輪替，
正反應著千千萬萬人複雜的心思禱聲。

二〇〇〇年零時的鐘聲，我的心像一般人一樣，燃起對未來的幻想，如一波即將形成的波浪逐漸逼近心坎。我拉著兒子的手，走向清大鴻齋頂樓，風，時強時弱地吹，涼意甚濃，我抱著他的肩，父子倆面向太陽昇起的地方準備用我們的語言祈禱，我知道，我的祈禱是爲了迎接千禧年與爲全家人祈福而爲。我靜靜地等待校鐘的響聲，敲響一個世紀最後一年的結束和邁向一個世紀的開始。兒子的肉軀在顫抖，我的心臟在戰鬥，兒子的腦紋在幻想，我的腦海在回憶，此刻，我的心彷彿盪在海上的船，遙遠地看見有個形單影隻的人坐在部落港澳岸邊的沙灘上。

記得小時候的飛魚季節，父親經常越過黑夜的門檻，在清晨返航。睡在沙灘上的我始終被父親溫暖的語氣喚醒，說：「兒子，我們的飛魚在這兒，我們回家吧！天已經亮了。」我走在父親的前面扛著一網袋的飛魚，彼時部落的人都在看我們父子倆，我感到非常地驕傲，因爲父親是個很會捕魚的人，又時常漂在海上過夜，我是羨慕極了。將來我也要用同樣的勞動方法，同樣的船在海上過夜，體驗被海浪洗禮，被星辰天宇熱擁的感覺，我那時的想法。

十年前，當父親爲我的回家定居做了一條船當禮物給我之後，我開始實踐兒時的願望「在海上捕飛魚、釣大魚過夜」。前兩年實習，熟悉海的律動、脾氣及觀測天候。當我進入狀況，可獨當一面的時候，在三什前飛魚季期間的某夜，我在清晨返航，近八十高齡的父親在海邊等了我一夜，他默默地守著夜的浪濤、夜的海風與天空的眼睛，然而，我的豐收並未燃起他一絲絲的亢奮。父子倆坐在鵝卵石上，父親邊刮魚鱗，邊看潮間帶宣洩的微浪，過了一會兒後，在我耳朵能聽到最低分貝的音度說：「夏曼，從我膝蓋出生的兒子，海，還不認識你很深，你還不了解她很多，你還無法體會海流與天候的個性，你在台灣太久了，孩子。在我仍活在世上的最後的兩、三年，渴望你不要燃燒老人恐懼惡靈的心。」這般的話，雖然我聽起來心有不服，藐視我在海上的機制，但比起父親，部落的老人，我絕對遜色很多。

尤其是我，這個戰後出生的中年人，曾經在台灣虛度十六年的光陰，父親藐視我在海上的機制弱化是理所當然的。從那個時候，深夜凌晨上下便是我返航的時段，不能再燃燒父親恐懼惡靈的心了。但此一時，彼一時，歲月的痕跡鐵一般地烙印在父親深深的面頰皺紋及被抹平的與海浪搏鬥的鬥志，也暴露在他無助的眼神。當時氣宇非凡的走姿如今早已轉換成踉蹌的背影，蹣跚的步履，枯瘦的身子如蘆葦般地隨風飄動。年輕時的自信，勞動填滿的氣魄，也被太陽和月亮啃蝕得一無是處。

那一夜，父親走在我前頭，眼睛看著路小心翼翼地移動雙腳，我的感觸宛如汪洋般的深邃，難於斗量。父親眞的老了，不僅如此，時代變遷的迅速，令他失去了老人該有的尊嚴在部落，我想。

校鐘終於響了，正式宣告二十世紀最後一年的倒數計時，時鐘將慢慢地帶領人類走向這個世紀結束的盡頭。這一刻，千千萬萬的人用數不清的語言，數不清的信仰在祈福；高漲而複雜的祈福情緒又如波浪般的奇妙，起起又落落，落落又起起，波峰與波谷不停地輪替，正反應著千千萬萬人複雜的心思禱聲。世紀末最後一年的第一秒到第一道光的乍現，是上帝、阿拉、菩薩及所有的神祇百年來最忙碌、最傷腦筋的時段，但願祂們有比人類更先進的科技過濾人類最複雜的祈禱。

然而，也有很多的人不知如何祈禱，因爲他們不知道何謂二〇〇〇年？不知道是否有上帝、阿拉、菩薩？只明白日落和日出，月圓和月缺，潮起潮落大自然不變的定理，而父親就是其中之一，他是有信仰的，只是沒有人信的教派——崇拜海洋。此刻的我，在太陽升起的東邊抱著兒子，在夕陽的西邊用心抱著父親，我誠懇地向天上的神祈禱；我喜悅的心如我身邊的兒子出世時的那一秒，腦海塞滿了所有祈福的、祝福的詞語；我凝聚精神，平靜心思，全心全意投入禱聲的漩渦。

然而，巧妙的事發生了，在我潛入祈禱的漩渦，約走三步路的時間，我的手機響了，遠在故鄉的兩個女兒來了電話說：

「爸爸，二〇〇〇年快樂。」

「妳們也二〇〇〇年快樂。」我說。接著大女兒音量放小的又說：

「阿公在門外哭呢！爸爸。」

「爲什麼呢？」我說。

「不知道呢，爸爸。阿公一面哭一面叫你和哥哥的名字呢！」

「Matnaw，妳把電話聽筒放在門縫，給爸爸聽阿公在說什麼？」

「就給阿公聽嘛。」小女兒說。

「可是阿公重聽啊。」大女兒說。

「就給阿公聽嘛。」小女兒又說。

「可是阿公重聽啊。」大女兒又說。

「妳們把電話筒貼在門縫。」我說。

孱弱的聲音宛如來自遙遠的海平線，隨著海浪一波一波地飄進我的耳膜，闖入我的腦海。哽咽的聲音說：

從我膝蓋出生的兒子呀！
我唯一的兒子啊！
你很輕了在我心中，
家似是沒有根的樹林，
我以爲那一片雲不再飄失了。
你知道嗎？兒子，
我的身體很靠近鬼的家，
惡靈不斷地在我眼前顯影，
雖然我的靈魂很悍。
從我膝蓋出生的兒子呀！
你和孫子何時回來啊？
每天的雲沒有一片停留，
當我每天起來的時候，
我眼前的海是一片片掉落的葉子，
我坐在你天天看海的椅子上，

我是個夕陽的人了，
你要我等你到何時的太陽呢？
月亮在我眼裡很清澈，
夜就快要變成我的白天了，
夜……

「阿公一直在哭呢，爸爸。」女兒們又說。
「就讓他哭吧，哭到他忘了說思念我們的話。」我告訴孩子們，也告訴我自己。
爸爸在哽咽，起伏震盪的哭泣聲，逐漸嵌入我的胸膛，挖出我企圖遺忘的對他思念的情愫。
海像一張張無情的黑影日日淹沒感情的足跡，又像一波波的浪不歇息地翻開每天的思念在腦海。
「爸，我們下去吧，我很冷。」兒子說。
「爸，你很冷嗎？」我說，在心裡。
「爸，阿公說什麼？」

「阿公說：『很冷。』」我說。

「你就回去射魚給阿公吃啊！」兒子說。

三個月了，父親沒看見我，想來該回去探望他老人家。

二〇〇〇年的一月二日，我回到了家，自己親手建立的家，心中是倍感溫暖。女兒們尚未放學，孩子們的母親也不在。父親的門半開，柴房緊閉，父親上山工作嘛，我想。我於是往二樓走，赫然發現父親正坐在水泥地上，他脫去上身算得上是衣服的布，讓冬天午後的陽光直接照射背脊。

父親彎著身子，雙手抱著雙膝，臉部貼著，正在小睡享受陽光的溫暖。背部有些黑斑，肌肉表皮似是一張紙的薄，但擴背肌、二頭肌的肌肉線條顯著，可是後腦勺的頭髮雜亂，腰部繫著丁字帶，瘦瘦的臀部貼在水泥地上。讓陽光溫暖你吧！明天幫你理髮，我說在心裡。

我很快地脫去掩飾自己不結實的肌肉之外衣，換上潛水衣，備妥魚槍、潛具，靜悄悄地走出屋外。我輕聲柔語地說：「Yama，我去海裡玩一玩，等我回來。」

海，是否對我陌生？秋季的浪，我亂喜歡的，不溫不惱、柔柔的、灰灰的，像是沉著穩重的老舵手，表情貼著永無失敗的氣質；不規則的波紋強烈地藐視我就要弱化的徒手潛泳之鬥志，而父親極度渴求吃魚的細胞正在刺激我的孝心；海，是否對我陌生？抑或是我，對她是陌生？

我坐在微浪拍礁岸的上方抽菸，想著海平線上以外的世界，看著腳下的我深愛的海的世界，一切的一切在眼前盡是海的律動。想著、看著眼前所有的景致都是在考驗自己的膽怯與隱埋自己退化的生產技能而遲遲不敢下海潛水，同時，也在編織美麗的謊言。畢竟，此刻的我，離開海已有四個多月了，沒有很大的信心能射到族人眼中高級的、聰明的魚，唯恐被部落的人說：「夏曼，你不行了，海，不認識你了……」等等，很多不利於我的身分、能力的諷語。

父親曾經說過：「不規則的微浪有時是衆仙女的微笑，有時是衆惡靈帶有咒語的嫉妒眼神。可是，無論如何，達悟男人就是要在這樣的冥想背景下潛泳生產啊，否則就做陸地上女人圈裡的男人算了。」是的，我是男人，是海裡的男人，我說。

清澈的海是我洗滌我污穢肉體的聖地，「朋友，下海潛泳射魚吧。」我告訴我的靈魂。在海裡我開始選擇比較笨的老人魚爲首要目標，這是給爸爸吃的，一個鐘頭後有了五條老人魚，接著就是給媽媽、孩子們的母親與女兒們吃的女人魚了。太陽逐漸地往西移，逐漸地移往海平線上方日落的軌道上，我是在注意回家的時間，然而，奇怪的是，女人魚少了，也變得比以前機靈多了，怎麼辦？我想，也許，海神正在考驗我；其次，女兒也交代要吃女人魚，當然她們的母親更想吃，只是不說出來而已，就像天空就要飄來厚實烏雲時，部落的族人自動收拾屋外的乾柴一樣，有許多事情是不說自明的，畢竟在海裡的徒手潛水生產有太多的事是不可預期的。三條小小的鸚哥魚聊表我孝敬家裡的女人的責任，況且在天黑前要煮魚給父親，給他一個驚喜。

父親睡的柴房的門半開，燒柴的煙霧從窗口冒出，很快地被風吹散。父親雙眼直盯著火苗，他正在煮他吃的與豬吃的地瓜。

「Yama，你要吃的魚在這兒，我先把魚殺好煮給你吃。」我全身溼溼的、溫柔的跟父親說。

父親看到我，他慢慢地起身，同時淚水也緩緩地從眼角溢出，他說：「我眞的老了，孩子，所以才那樣地思念你和孫子，」

接著又說：「何時回來的？」

「中午回來的。」

父親抓著我的手臂不放且不停地流淚，宛如我小時候抓住他不放，抓住他不要去捕飛魚時的情景。此刻正視著父親模糊的雙眼即刻顯示出我遠離他老人家的罪惡感，於是心虛逃避地說：「爸，我先去煮你要吃的新鮮魚。」

父親不點頭也不示意，只是走進柴房擦掉淚水，調整火勢。之後，在柴房哼著古老的詩歌，好像是唱給自己聽似的，也好像在抱怨自己老而無用，活在世上只是徒增自己對兒孫的思念與依賴。

「爸，你的魚和魚湯。」我端給他說。

父親喝魚湯吃魚配兩個地瓜，我坐在他身邊。熱熱的魚湯蒸氣又再次地蒸騰著父親老邁的淚水與鼻水，同時也在蒸騰我離開他的罪惡感之眼淚，此刻他像是「孤兒」被人救濟的吃相。我看著父親喝魚湯吃魚令我想起小時候他經常在冬天的深夜爲我和小妹的早餐捉魚，說：「多喝熱湯就不會感冒。」此刻，我於是對他說：「爸，你慢慢吃把魚湯喝完，對身體的健康是有益處的。」

他一直地在流淚，流的是很久沒吃新鮮魚的淚。我瞭解魚和魚湯是我唯一給父親身體健康的良藥與減少思念的秘方。

「兒子，謝謝你給我吃的魚。」父親稍有體力地說。

父親爲何要謝謝我呢？這是我應該給他的食物，我想。爲何要謝謝我呢？我陷入汪洋大海中思考父親的這句話。我的淚悄悄地從眼角流了，別謝謝我，我說在心中。

夜終究替代了白晝，父親坐在我天天看海的搖椅上，小女兒幫父親拔灰白的鬍鬚，他的「幸福」樣是短暫的。三天後的清晨，我說：「Yama，我要回台灣了。」

父親不說一句話，蹲坐在地上揮揮僵硬乾枯的手掌，說：「我走不到機場，對不起，從我膝蓋出生的兒子。」

我看不到父親的淚水，但我感覺到父親要過好長的時間才能吃新鮮魚、喝熱魚湯的痛苦正在加溫。曲折蜿蜒的沿海礁岸盡是浪濤拍岸之白色浪沫，正是父親日日夜夜的歌聲與哽咽的泣聲。當浪濤歸於平靜的時候，那是汪洋在調節他老人家思念兒孫的心情，這是無關於千禧年的來到。

——本文刊載於《人本教育》札記二〇〇一年一月號

望海的歲月

無論是早晨、午後或夜色剛降臨，
只要他們沒工作，
他們每天休息閒聊的涼台便是他們的大海，
也是他們的人生舞台。
這一天如同往常一樣，
他們坐在涼台望海，
不過已是午後的時間了，
這是達悟人上山工作或下海抓魚的人走路、
返航回家的時段。

無論是早晨、午後或夜色剛降臨，只要他們沒工作，他們每天休息閒聊的涼台便是他們的大海，也是他們的人生舞台。這一天如同往常一樣，他們坐在涼台望海，不過已是午後的時間了，這是達悟人上山工作或下海抓魚的人走路、返航回家的時段。

夏本・拉烏那斯走到隔壁家與他同年的朋友夏曼・布佑布彥家的涼台。夏曼・布佑布彥問他說：「孫子的父親，今天沒遇見人嗎？（沒有釣到鬼頭刀魚嗎？）」

「今天，孫子的父親，沒遇見人。不過有人有探望牠（指鬼頭刀魚有游經船身）。」

「既然如此，牠為何沒去舔孫子的父親的活餌呢？」夏曼・布佑布彥疑惑地問道。

「我也如此想，不過我們始終是無法理解這些人（指海裡的鬼頭刀魚）的內心想的是什麼？」

「你說的一點也沒錯，當然一些族人在漢人來了之後，就不太遵守禁忌的規範，也是另一個鬼頭刀魚數量減少的因素。」

他們背靠牆壁，也背著午後的陽光一面嚼檳榔一面談天，當然在飛魚季節作為海洋食物的消費者而非生產者的角色時，過去種種的往事便在這舞台上不斷地被重複陳述，同時回憶的功效猶如波波的浪紋持續地翻開他們的記憶，透過現在仍然在從事漁撈生產的族人攪拌經驗知識，來證實自己仍活在世上的基本條件。

夏本．心浪宛如剛睡醒的模樣，他粗糙黝黑，刀紋印在面帶笑容的臉，一拐一拐的雙腿夾不住一個椰子地走到夏曼．布佑布彥的涼台，坐在角落吐出一口好長好長的氣說：「兩位哥哥（尊敬的稱呼）好，來這兒乘涼，是因為這兒很涼快而且視野廣闊。」

「大家都有涼台呀，我這兒幸運的是沒有被國宅阻擋視野，所以無須移動臀部遠眺海平線及小蘭嶼。」夏曼．布佑布彥回道，接著又說：「海裡的人，今天沒有探望你嗎？」

「出海釣大魚像我這樣的已為人曾祖父的老人，兩位表哥是過來人，無論是白天或是夜晚，千幻萬變的大海與氣候你們都經歷過無數次，我無意在你們前面自誇，因我與你們一樣，已經是一無是處的老人了。出海釣大魚是因為我還能勉勉強強地划船，我心裡的話是，我還想體會被鬼頭刀魚拉著船穿破浪頭的快感，就像過去我們釣到大魚的時候，牠們讓我們興奮的血脈賁張，那股難以言喻的瞬間感觸，是我仍想出海的原始動機。

「然而，如同你們一樣，我已經是很老的人了。如果我們依據身分證上的出生年來計算的話，我已經八十歲了，而你們已是九十歲的老人了，我們沒有多少個夕陽了，在這個天空下的歲月。我的出海，沒有任何意義，如果說眞的有的話，如同兩位表哥，我們的生命意義是汪洋大海給的，所以我們的記憶就在那每一道浪頭與波谷之間，我還想把它繼續溫熱在我的心脈裡，如此而已。然而，今天的狀況，證實了老人的魚鉤已不再銳利，順著潮水划，汪洋中船身下的鬼頭刀魚早已對老人不感興趣了，我即興創作精選詞句吟唱及心中徹底的尊敬在歌詞裡，最終海裡的大魚沒有被我精選詞句感動，偶爾游經我的船底聊表一絲心意，讓我瞬間亢奮地意識到牠們（指鬼頭刀魚）好像有聽到我的歌似的。我的心在流淚，然而又何奈呢？大魚不吃餌就是不吃。」夏本・心浪如此陳述他今天的感觸。

「你說得一點也沒錯，老人像我們，夕陽已經很低了。可是，話說回來，島上像你這樣的仍然出海的人，只有你了，假如老人要說眞心話的話，你是最被瞧不起的人（最被尊敬）。」夏本・拉烏那斯回應地說。

溫馨的氣氛縈繞在這小小的舞台上，眞情的流露貼在他們──老人微笑的臉，午後的熱氣煞是提前照明的月光，折射到夏曼・布佑布彥的涼台。也許，恆常不定的大海長期孕育這個小島上的人，讓老人的神情多了那一層不爲他人所熟悉的沉穩內斂的特質，散發在他們同時沉默不語的臉上，在望海的時候。

夏本．心浪回應說：「假如人是一棵樹的話，你銳利的斧頭（恭維的話）恰好正中樹的要害，你讓我無法接續後來我試著要說的故事。」

「哈哈哈……」三人臉上深淺不同笑容擠壓出的皺紋彷彿是海上不規律的萬波千頃，刻畫著也掀開他們古老的記憶。

夏本．心浪面帶微笑，屬於老人的語氣接著又敘述說：

「出海的目的無非就是為了釣一尾鬼頭刀魚，享受海上男人戰勝獵物的快感，自古的傳統就是如此，在這個飛魚季節。今天確實有一尾大魚探望我，而我的活餌（飛魚）展翅地試圖飛躍逃避海面下的掠食者，我的腦海很平靜，心臟卻是在賁張跳動如同駭浪。那一刻，同情老人吧！我說在心裡頭。我雖然是肉皮粗糙（經驗老練）的人，剎那間，獵物未吃餌之前，沒有人是不心跳肉顫的，就在我幻想魚兒已上鉤的時候，我聽見劇烈的『浪濤聲』在近處，瞬間觀望我的四周，我左邊的船隻裡的人正全神貫注、神情緊張的與大魚戰鬥。唉，我的大魚被那個人鉤上了，我想。我心神平靜地坐在船上，企盼第二條大魚探望我，過了一會，魚兒沒有展翅，表示海面下沒有另一條大魚了，也許是我過分奢望，顯現『貪』的念頭，讓海神不同情我這個老人吧！在我失落的同時，我注視正在拉大魚的那個人，然而，討厭的是，那個人不算是古時代的人（高手），他就是我們的孫子的父親──夏曼．藍波安，他搶奪我的鬼頭刀魚，說眞的，我的心是不甘願，輸給晚輩，當然，古時代的人有時偶爾也會輸給皮膚細嫩（新手）的人，誠如浪濤有峰有谷，彼此交替刻畫成起伏的優美畫面。無奈地，烈日正在當頭，也是返航的時間了，我的鬥志彼時如同朽木迅速滑落到地底的根部，與其他船舟逆著退潮的流水划向船隻休息的灘頭。灘頭上好心幫忙推船的年輕人說：『叔叔，海神千挑萬選，空船返航的人不應該是你呀！』

「『也許，牠們（鬼頭刀魚）希望我明天再次出海吧！』我安慰自己回答他們說。」

我心情愉快的，在夕陽落海之後，我去找大伯夏曼．布佑布彥聊東南西北，告訴他，關於我今天在海上的故事。故事被敘述，在達悟族的社會裡的男人，很重要的一點是，男人要學習如何說故事，對我而言，就是考驗自己說母語的能力以及說故事的魅力。說故事，除了敘述故事的過程外，環境的描述是扣連著說故事的人的思維，遣詞用字的深淺意涵，在達悟的社會裡也正是考驗他的文辭修養與勞動生產的能力是否成正比。因而，在我前往大伯家的途中，一直在思考如何把故事說得生動，直接陳述故事忽略環境背景賦予的象徵意義，不屬於有「智慧」的人。如果轉換成現代一般人的說辭，就是「劇情」不生動。畢竟，眼前的大海在達悟人的眼裡是一面有生命的螢幕，男人在海上作業，在陸地上說故事，在我們的腦海裡的螢幕是放在海上。男人的心、男人的船、男人的海，海裡的魚經常是我掀開部落耆老們被塵封的記憶，這是他們最熟悉不過的故事。

我臉上喜氣洋洋的笑容是釣到鬼頭刀魚賦予的證據，灘頭的船隻，此時在夕陽落海後的溼度已經被蒸發了，如果明天依舊是好天氣的話，船隊依舊會在太陽躍過海平線後出海的，我想。

「各位叔叔們，大家好。」我問候長輩們說。

「孩子，好。」他們說。他們繼續說他們的故事，同時又來了一位今天也出海的老人，參與說聽故事的行列。久久之後，輪到我說故事了，我看著夏本・心浪，他也看著我，我於是面帶笑容，口氣遲緩地說：

「如果沒有海的話，也許我們的祖先就不可能造船，也就是說，因爲有海才會有船。如果沒有長輩傳授海上觀測天候、認識潮水等等的經驗知識，沒有聆聽長輩們的故事的話，下一代的人的經驗知識是不可能豐富的。像我這種人在台灣住了很長的時間，相關於我們達悟男人在海上的種種知識，要超越各位長輩是不可能的，就像山谷裡的樹不可能比迎風面的樹堅硬。運氣很好，我，今天，是因爲經常聽前輩們的故事的結果，遵守禁忌，鬼頭刀魚同情我，才攀上我的船，不是我的經驗豐富之緣故。」

夏本．心浪嘴裡叼根菸，面容略帶微笑，看著正在漲潮的大海。我在想，他正在醞釀一些話，在心裡頭，準備回答我的話，於是我接著說：

「假如我的叔叔，夏本．心浪在那個時候，鉤子有活餌的話，哪輪到我這種海上的新生釣到那條大魚的份，是不是，叔叔？」

「也許吧，孩子。不過，鬼頭刀魚只對『精力旺盛』的活魚有興趣，不在意你是新鮮人或是經驗老道的漁夫啊！孩子。」

「朋友，你說得一點也沒錯，人在海上釣魚，運氣好的人才是贏家。」一位耆老說。言下之意，是我運氣好，還不屬於是「經驗豐富」的漁夫，今天是贏家的成績要持續五年以上或著一生，才會被承認是這方面的好手，偶爾釣到大魚，只能說是偶爾被大魚同情罷了，在這方面，達悟的人是實證論者，所以，我要博得他們的認同與讚美，還需要證實能力好幾年，因此，耆老們話裡的意涵是「我仍須努力」。與此同時，讓我體悟到達悟人在慶祝自己完成某件「工程」，需要描述「勞動過程」中的情景，以歌詞獻唱給賓客的時候，歌詞意涵應與自身的能力成正比，自我膨脹便是遠離被尊敬的圓周，達悟的話是「拳頭握不緊的人」。

夏曼・布佑布彥，夏本・拉烏那斯，他們明瞭夏本・心浪造的船的造形美感是全島族人所公認的，而且在海上划起來非常輕快，這是他們造船的技能不如他。他們也知道，夏本・心浪在年輕的時候，白天釣鬼頭刀魚，晚上捕飛魚，釣其他夜間的大魚直到清晨，是稀鬆平常的事，但四、五十年以來，他是不曾自我膨脹過，這是因爲，曬在屋院的魚，眼睛看得到，眼睛就是傳播的媒介。因此，我接著說故事，說：

「我如此叙述我今天的故事，在前輩們誇耀自己，無疑是要套出你們過去的記憶與故事，否則，你們過去英勇的事跡，只冰封在你們的內心深處，我便無法體會前輩們在海上的奮鬥經驗與你們對海的迷戀啊！」

晝與夜的交替，是兩個星球在宇宙的舞台轉換表演的角色，島上的住民，涼台上的舞台，此時也轉換到大伯屋院的草地上，而望海的雙眼自然地也轉換成觀賞宇宙的星空了。對我而言，前輩們在海上的奮鬥經驗與對海的迷戀，在說故事的同時，皆附帶著肢體的語言，煞是把屋院的草地當作是在大海的表演場域，深深地吸引著我的雙眼以及思維。耆老們所說的象徵語言，全是生活在周遭的物種，以最熟悉的物種認知，如樹木的、魚類的、自然天候的變幻等等皆是詮釋故事內容的要素，聽得讓我意識到周遭的物種在這個民族的語意系統裡的重要性，也就是說，新生代的族人失去了環境生態的認知，退出了山林與大海作爲勞動生產的場域時，便無法理解及解析部落耆老們的知識系統，於是，在那溫柔的夜色下的畫面，我存在的唯一理由，就是做他們忠實的聽衆。

夏本・拉烏那斯彼時開始叙述其過去烙印在腦海的故事。九十歲的他，此刻的氣勢，煞是漸漸隆起的浪頭，好像不是九十歲似的掐住我的耳根，敲開我的耳膜，他說：

「各位，我尊敬的同部落成長的族人，我試著說出我內心的驕傲，是因爲我已經沒有幾個夕陽的日子了（驕傲是達悟男人最大的禁忌，這種語氣是達悟人說故事慣有的開場白）。」此時，他的次子——夏本・馬奇巴佑克也來聽、說故事。

「我與兩個孫子們的父親們划著三人船到小蘭嶼，海況正是適合航海的日子，兩個部落的男人好像被美好的天候海況呑沒似的，把大海視爲家屋的院子而紛紛地搖槳划船到小蘭嶼。當時午後的太陽離海平線約是兩個釣魚竿的距離（約是下午的三點半），部落灘頭的船隻只剩已去世的人的船（象徵全部出海），大家經常經歷那種情景，就是部落裡所有的人全都聚集在灘頭上方的空地，觀賞所有船隻出海的壯觀畫面。當時的男人是多麼地驕傲啊！」他插一句話地說：「男人一出海港，便開始與其他船隻競賽，彼時正是考驗我們所有造船船形的優劣，船隻的輕快與笨重即刻分明，但不服輸的人便靠著自己的蠻力與人競賽，那麼遠的距離不累死人才怪。」

「你說得沒錯。」大伯助興插一句話說。

「所以，現在的年輕人說話一絲口德都沒有，說：『划船到小蘭嶼算什麼！』眞要他們划時，搪塞的理由比大海還滿。」

「哈哈哈……」

「是啊！各位前輩。現在的年輕人，各個皆比我高大，因爲他們的肌肉是被米發酵的，而非芋頭的營養。」夏本・馬奇巴佑克插嘴道。

乾淨的天空，貼滿了明亮的星星，也激發著老人說故事的興致，他繼續地說：「我與兩個兒子以平常的力道很自然地划船，海上全是被夕陽照射成黑色的船隻，乍看是非常令人振奮的景致，好像汪洋大海是爲了我們達悟人的船隻而存在似的。當時，無論是輕快的或笨重的船，最終的目的地是小蘭嶼的天然港澳，而大部分的船在夕陽落海後到達。七、八十條的船匯集在小小的港澳喘口氣，每一個人宛如是大海最虔誠的教徒，等待夜色的降臨，當然期待豐收是我們最終的心願，男人在海上最大的成就感。

「我在海上，彼時教導孫子們的父親們認識天空一些重要的星辰，而潮水當時是那樣地平穩，省了很多划船頂流的力氣。當黑色的夜完全映在航海男人眼簾時，所有船隻猶如瞬間暴洩的浪頭，各自佔據流放魚網的海域。沒多久，在剎那間鱗片彙整的一大片銀光從黑色的海面躍飛，這壯觀的瞬間景色讓我們吞心似地驚訝，千萬條的飛魚被海裡大尾掠食魚群驚嚇，爾後整群地衝出水面，於是海面被染成銀色，航海男人彼時被飛魚群連續衝撞的哀痛聲像是被黑夜的惡靈壓抑的笑聲。當時我立刻抱頭貼膝，孩子們『被壓抑的笑聲』我聽在耳根，但我也是被衝撞的『受害者』，同時我們也不斷地聽見彷彿是小粒的石頭敲擊船的聲音。好久的時間，悅耳的清脆停歇了，我們於是挺直腰身，赫然發現船身已飛進了許多的魚兒，我又立刻地命令孩子們用最大的力量趕緊收漁網。然而，一切都太晚了，大約是五十公尺長的魚網全是密密麻麻的銀白色活蹦亂飛的飛魚，我心裡想，這下子該怎麼辦？」

「什麼怎麼辦?是你太貪心，好不好。」他的兒子夏本・馬奇巴佑克插嘴道。老人放出笑聲繼續他的故事說：

「當我們收完魚網的時候，在船身的飛魚已滿到我們的腰間，五分之四的船身在海裡，我想，這怎麼辦?這個時候，滿載豐收的船隻開始搖動返航的木槳。黑色的吉利的午夜，小蘭嶼島的靈魂歡送海上捕魚的男兒，我叮嚀兩個孩子說：『慢慢划，我約略估計船內的飛魚少說也有一千尾以上，說來眞的太多。』彼時，船隻逐漸遠離小蘭嶼的同時，我心中的喜悅逐漸轉換成擔憂。返航途中，在微弱的星光下我淸晰地可以看見有許多忽隱忽現的船影同行，多少是讓我安心。划了很長的時間，大約是我們的島與小島的中間，也就是惡靈經常出沒的那段海域，孫子的父親——夏本·馬奇巴佑克說：他臂部外皮破了而且被海水潑到很痛，結果扭動臂部止癢。各位朋友們，不用編翻船的理由，主要問題還是在於捕的飛魚太多的緣故，結果黑色的海面，在我們翻船的周圍，全是漂浮在海面銀白色的魚兒，可惡的是，夏本·馬奇巴佑克仍在船內，我怒嚇道：『下船。』結果他說：『我很怕飛魚的腥味會誘鯊魚來。』『下船。』我再次地說，『會有鯊魚啊！爸爸。』『你再說，就打死你。』

「我的頭在海面，望著微明的海平線，船隻頭尾的頂峰像是一群黑色的海鷗循者夕陽落海的故鄉，唱起回航的滿載豐收的歌，歌聲是天神賜予的歌喉，我雖然害怕眞的有鯊魚過來，害怕豐收變成欠收而被部落的人嘲笑，如惡靈深邃的舌頭的海底，固然也隱藏無限的恐懼，但聽見滿載豐收的歌，旋律隨著划槳的槳聲起落，藉著波波的浪傳音到我的耳根，不用說，好像天空的眼睛明白我內心的喜悅。大家都是過來人，在黑色的海面、黑色的夜唱著豐收的歌，那種情景的感觸，海神是理解的，畢竟祂是唯一的聽眾。

「當我們把船內的海水舀出船外，撈起一些飛魚放回船內，聊表也是豐收過的象徵，不過，在我坐上船後，還眞的奢望撈起浮在海面的飛魚，減少被部落的人嘲笑。我與孩子們一面划，一面扭著脖子望著部落的灘頭，說眞的，我那時的感受是——眞希望被鯊魚咬一口，好讓我有眞正的理由解釋，掩飾自己欠收的原委，扳回絲絲挫敗的顏面而非丟盡男人面子的『翻船』。部落的灘頭被烈火染紅通明，看來出海的男人全部滿載，我估算船內後來撈起的魚兒，頂多一百多尾而已，我的挫敗烙映在黑夜裡我疲憊的臉，以及早晨落寞寡歡的孫子的祖母的臉上。部落裡四面無遮蔽的涼台，在早晨流傳著我們『翻船』的事件，嘲諷的話語眞是多於灘頭上飛魚的鱗片，彼時，我早已忘記在黑色海面悅耳的豐收歌給我的喜悅，於是在清晨，我再次地出海去釣鬼頭刀魚，以釣到鬼頭刀魚來扳回丟盡男人面子『翻船』的事。

「故事總有結束的時候，男人不出海，豈有故事可以被流傳呢？」夏本・拉烏那斯說。

一股輕鬆而喜悅的感覺穿梭在我與這些可敬的長輩間說故事的氣氛裡。部落裡流傳許多精采的故事，只有親自去實踐傳統的生產技能，方可體會部落耆老們用生命經驗建構的故事。

我走在台北的街頭低頭，幻想尋找故鄉島嶼的舊夢啊！

——本文刊載於《大地地理雜誌》二〇〇二年六月號

再造一艘達悟船

夏曼・藍波安

家屋裡的女人如十人大船上的savilak(舵手)，
男人如manmorong(首槳手)。
舵手與首槳手（夫妻）相互合作，
相互尊重，相互的含義是，
芋田的神明被敬仰，
大船相對地才能被禮芋蓋滿，
芋頭象徵漁獲量，
是女人「陸地上的飛魚」，
象徵女人的崇高地位。

像是駭浪來前的寧靜夜晚，數不清的天空的眼睛，在浩瀚無垠的天宇爭先恐後地放射微光，傳說，如果那兒是天堂的話，那都是祖先們的靈魂。今夜，她們彷彿在爭先目睹或者爭先祝福那即將上映的、她們所建構而流傳千年的達悟古老習俗——大船的下水典禮。

走入大船下水的儀式隧道裡

小粒的鵝卵石，是千年來蘭嶼島經歷海嘯巨浪、風暴日曬的摯友，傳說，如果這兒是人類居住的島嶼，那全是祖先們的牙齒。今夜，鵝卵石輕輕地敲擊船主夏本・阿尼飛浪現代化家屋的瓷磚，他若有所思地叼著煙，口中唸著他即將邀請的客人名字。鵝卵石象徵賓客，一粒鵝卵石代表一份禮肉、一份禮芋；相對地，賓客們將頭載銀帽，頸掛串珠金飾，手握禮刀，加上至少一首的祝賀歌，作爲回敬。

月亮宛如在刻畫時鐘似的，高掛在潔白的浩瀚天宇，宣示著夜的到來以及逐漸引導人們的情緒進入古老的大船下水儀式的隧道裡。此刻，伊蘭美勒克（Iranmeilek，即東清部落）部落的親戚們陸續前來拜訪船主夏本・阿尼飛浪以及探聽受邀賓客的總數。他們說出祝福的語言，話裡流露古老的謙虛語氣，是平等的、祝福的問候語，不同的輩分（階級）說著不同的祝福詞，這是古老的禮物交換前的習俗。

船主夏本．阿尼飛浪的六個兒子在其身邊聆聽著部落親人的、他們耳根不太嫻熟的一回一答的歌聲與歌詞。平靜的夜，此時散發著初民民族內心深層底，因努力勞動得讓大船被禮芋蓋滿的虔誠祝福歌聲。

船主的內心縱然翻騰著大船被禮芋蓋滿的榮耀與喜悅，但他始終把這分努力勞動成果的榮耀歸於祖靈的庇佑，歸於親戚們的鼎力幫忙。畢竟，禮芋蓋滿大船是努力勞動成果的鐵證，人們的眼睛是傳播、歌誦船主的媒介，自我吹噓自古以來就是這個民族生存在蘭嶼島上最大的禁忌。他始終以謙和的心來答謝前來祝賀的親朋好友：

沒有資格，像我這樣的年輕人，
當大船的舵手，
你所有誠摯的祝福，
你就讓它在你的內心裡休息吧！

祝福是感同身受船主夏本・阿尼飛浪夫婦兩年多來的辛勞，適當的讚美是對船主家屬的尊重，而船主也始終以適當的歌詞回敬前來祝賀的親友。長久以來，達悟歌詞中的褒與貶皆能適時地在主與客之間傳遞相互尊重，就像汪洋大海一樣，有時平靜，有時洶濤，有時介於兩種海況之間。歌詞適時地反應主與客之間的親與疏，成爲達悟文化的特質。

心懷悲憤，誓言再造大船

家屋裡的女人如十人大船上的 savilak（舵手），男人如 manmorong（首槳手）。舵手與首槳手（夫妻）相互合作，相互尊重，相互的含義是，芋田的神明被敬仰，大船相對地才能被禮芋蓋滿，芋頭象徵漁獲量，是女人「陸地上的飛魚」，象徵女人的崇高地位。

兩年半以前的九八年年末，夏本・阿尼飛浪夫婦及隔壁家的表哥表嫂夫妻四人談天，偶然間回想起十多年前，他們和幾位堂表兄弟共同建造了十人大船的美好往事。然而除了首航曾經共同出海捕魚外，辛苦建造的大船之後便任憑風吹日曬，船身積滿雨水無人聞問，最終，大船不到兩年便破損腐爛，所有的心血付諸大海。幾位表兄弟因此很諷刺地說：「再次與大表哥他們共同建造十人大船，是萬不可能的事了。」

這句話在部落裡傳到夏本．阿尼飛浪夫婦的耳朵後，感到心臟猶如被一把銳利的長刀刺傷似地非常難過。他們認為照料大船是大家的責任，船的破損腐爛不是他一人的過失。

從達悟的觀點來看，親戚們諷刺的話語有它的邏輯可循，但無的放矢是親族間造成罅裂的禍源，這是夏本．阿尼飛浪夫婦心中最大的痛。感嘆被徹底地羞辱，他們憤怒地回道：「沒有他們，我一家仍然可以用芋頭封蓋大船。」這句氣話一經說出，就像一波又一波的浪般，沒有懊悔的餘地。

那一夜，夫婦倆各自評估，自家種植芋頭的水田數量與收成時間，決定在芋頭可以封蓋大船時，再次建造一艘大船，不需要其他親族同舟共濟，共同分擔賓客們的禮芋、禮肉。他們要以實際的行動證明自己說到做到，平復被幾位堂表兄弟不屑與他們同船所激發的怨氣，同時，希望藉此化解家族間的嫌隙，企圖重新縫癒流言所造成彼此間的傷痕。

找不到智慧的老人當舵手

於是，夏本・阿尼飛浪夫婦徵詢大表哥夏本・馬納威再次當 mangaharang（船長）。夏本・馬納威夫婦吸了很長很長的一口氣，把雙眼的視線移到浩瀚的天宇，這是猶豫，也是否決的意涵，但他們也知道，在達悟的禮俗，這是表弟尊重身爲長者的他們該說的話。夏本・馬納威思考許久之後，舌頭緩緩地蠕動，鬆開雙唇，坐在地上看著表弟、表弟妹，說：

假設人象徵是太陽的話，
我與你們的表嫂已是逐漸往下移的陽光了，
我深深感動被你們敬重。
屬於夕陽的人，
芋田業已荒廢而不再有新芋苗，
我的臂力業已脫臼了，

假如我與你們表嫂做舵手，
大船將空無漁獲而隨波漂流，
將是我們部落的人在這島嶼，
永不磨滅的恥辱。
你與表妹正是旭日，
無須尊重如月光般無力的老人如我，
船主理應屬於旭日的壯年如你們，
祈願你們把我的話休息在你們的心臟裡。

夏本·阿尼飛浪聽了表哥的一番話之後，語氣低沉地回應：

自古以來，我們島上的祖先不斷地提醒後出生的人，
大船的魚倉是屬於有智慧的老人，
我不可否決有智慧的老人，
因爲那是最大的禁忌。

就讓你的肺腑之言，
在我的心臟深處休息吧！

此時，夏本．阿尼飛浪夫婦像是失怙失恃，心有顧忌地走回家。建造大船已成事實，只是建造大船的重任落在較年輕的他們夫婦身上，這是本末倒置的，從那一刻起始，夫婦倆必須長年的謹言慎行，以避免惡靈聽聞而在開田造舟過程中作梗，傷害芋苗，導致欠收受屈辱。

夫妻兩人在家屋內，虔誠地向祖靈祈求庇佑，祈福是讓自己的心境融入在自然界祖先精靈世界裡的儀式，讓祖靈聽見自己虔誠的禱詞，爾後得到祂們的協助；向祖靈祈求庇佑的簡單儀式，固然是讓自己在潛意識保有某種程度的慰藉，然而，緊接而來的是，兩年多的時間照顧水芋田，重度的體力消耗。水芋頭收成不好，猶如捕撈不到飛魚的男人是次等而平庸的男人，會被部落的人所恥笑，這是斗量不出的恥辱，亦爲他們最擔憂的事。

開啟兩年的擔憂與惶恐

祭典裡酬謝賓客的芋頭是女人一生的名譽與社會地位，誠如男人一生捕撈魚類的多寡，是創作祭典儀式歌詞的源頭。換言之，男人或女人勞動生產的成果，如是一般水平的話，他是不可選擇高級的詞句來吟唱，那是禁忌，會招來詛咒。因此，水芋頭的不豐收是夏本．阿尼飛浪夫婦內心裡最擔憂、終年惶恐的事，從決定建造大船的那一天起。

從另一個角度思考，追求當船主也正是夏本．阿尼飛浪這一生最大的心願，那是達悟男人最高的榮耀，此榮耀的光環將是他們留給後代子孫立足於島上被記憶的財富，在傳統的社會。

蘭嶼島的達悟族也如同其他世界各地的原住民族一樣，深受全球化的影響。對於接受現代化教室教育的晚輩而言，在長期脫離原來傳統教育的薰陶下，以及沒有親自參與目睹感受建造大船辛勞的過程，對船主與下水儀式，自然在內心裡頭就不存在神聖的敬畏行爲，疏遠於傳統價值觀的思維是全球化後初民民族社會普遍的現象。

對於此，夏本．阿尼飛浪夫婦是明白的。所以他們的另一心願，就是讓後傳統的年輕人，心存自古以來達悟族固有古老禮俗「大船下水儀式」的記憶；同時也希望無論是親戚或非親戚的長輩，能藉此機會復活他們逝去的歷史記憶。夾在傳統與現代逐漸複雜的達悟社會，夾在長輩與晚輩間，傳承與延續造船文化的歷史責任，是夫妻二人的心願。

因此，無論肉體如何地疲勞，最終都將轉換成他們家族的榮耀。固然大船已被機動船或快艇取代而退居爲次要的生產工具，或者淪爲如部落裡家屋中懸掛的羊角、豬獠牙，僅具觀賞與勾起過往記憶的意義，大船命運最終縱然是如此，但此歷史的記憶是他們身爲傳統達悟人另一層面的弘願。

埋首芋田，日日祈天庇佑

夏本・阿尼飛浪夫婦兩人選擇上旬某個吉利的日子，上山到湧出泉水的、他們心目中最好的水芋田，作爲祈求好彩頭的良田。他們祈求祖靈庇佑的虔誠禱詞，源自於古老的美德，是敬畏自然界精靈的信仰，以及爲自己未來的幸運必須做的儀式。勞動的過程，一切仰賴虔誠的禱詞，對達悟族而言重要的是盡心盡力，無論豐收或欠收，自有其詮釋的空間。

此後兩年又餘月的日子，夏本．阿尼飛浪夫妻兩人，不管收穫如何，將水芋田當成教堂，祈求庇佑是因爲芋頭猶如人類一樣是有靈魂的，是兩者融爲一體的儀式。

女人的芋頭猶如男人的飛魚，合力塡滿船身，把自家的庭院當作大海，吟歌唱詞的衆人合音自會隨著浪濤傳遞在祖靈回航的旅程。對達悟人而言，大海恆常不定的性格，是創作歌詞的無限場域，也是讓人懂得謙虛的源頭。

自古以來就流傳在達悟男人心中的話說：「倘使祖先沒有留下造舟建屋的林木，男人從小就必須上山種樹或者尋找數棵小樹栽培作記號，做爲日後娶妻成家的財產。」又說：「沒有林產果園的男人，就像不會織布的婦女，是一無是處的、一生得不到半句被讚美的話的次等人。」畢竟，盜伐他人的林木就如夜間偷吃水芋的野豬，令人厭惡。

很幸運地，夏本．阿尼飛浪的父親與祖父皆擅於作詩吟頌，又酷愛航海船釣，因此開墾了許多的果園林木，留給他很多造舟建屋的樹。當他初爲人父，祖父爲其長子命名爲 Manayik（比喻時常在深山裡「逛街」的人），他則升格爲夏曼．馬拿伊克。彼時，他的父親與祖父爲他初爲人父合造一艘船，好讓大海將兒子淬煉成男人。

祖父與父親相繼過世後，他又獨立地做了三艘有雕飾的單人船，此舉固然是傳統達悟男人成長過程中理所當爲的事，但他升格爲人祖父時，內心深處早已盤算要建造大船，實現象徵達悟男人最高的成就與榮耀——成爲大船的舵手。

使勁砍下三十八棵樹

四月初，夏本・阿尼飛浪揹著三把斧頭在深山裡「迷路」（遠離惡靈的意思）來到了造船所需的第一棵樹。第一棵樹要造大船龍尾，龍尾會成爲魚倉，象徵大海裡的漁場。他清除樹四周的雜草賤木，口中唸唸有詞地說：

賜我力量，我的祖靈，
讓我們的樹躺在我家屋院，
如此你們衆子衆孫將有享用不盡的祭品，
然後磨利我的斧頭，
這是古老的禱詞，
從我們的祖先的祖先，

不改變祝福山林的善神。

山裡的雜草賤木象徵惡魔或湧浪，清理伐木的四周是給善靈納涼休息，就像面對大海時會祈禱駭浪歸於平靜；第二棵樹要造大船的龍頭，他也如此口中不斷地唸著禱詞，祈求工作一切順利；第三棵樹要造龍骨，此時，部落裡一行十多個親朋好友前來幫忙，這是傳統禮俗，部落親友與造船者間相互交換勞力，持續彼此間良好的人際關係。

之後，拼板大船兩邊三層計十八棵樹。夏本・阿尼飛浪獨自砍了十六棵，每棵樹圓周直徑皆是七、八十公分左右，三公尺長，爾後一斧一斧地削到五、六公分薄，具有曲線弧度的船板雛形；加上他的舵槳，以及六個兒子的六個雕飾槳，總共砍了二十二棵樹。六十又二歲的他，疲憊地苦不堪言，然而，他明瞭，這是要追求象徵達悟男人最高榮耀必須承受的重度疲勞。

其次，他與表哥之間，因伐木林產及勞動責任分配不均，或多或少在其內心裡不免有很深的抱怨。唯當他心平氣和，逐漸恢復元氣，駭浪歸於平靜時，他又以沒有不會癒合的傷口，有苦往肚內吞地安慰自己，維持與表哥表面上的友好關係。

在深山裡勞動，他不時地創作歌詞，也不間斷地重複吟唱父親與祖父傳承給他的大船祭典中迎賓的答謝詞（達悟人視為私有的智慧財產）。在寂靜山谷裡回響的歌聲是消退疲憊的良藥，衆山神樹靈彼時聆聽他的心聲。

第四層的六塊船板全是古老大棵的麵包樹，猶如一波又一波、逐漸逼近岸邊的湧浪，再次激起部落裡二、三十名親人前來幫忙，宣洩蟄伏已久的蠻力，頓時，深山某處的山谷，一群人虔誠低沉的歌聲在山谷裡回響，他們說：「這是感恩於山神樹靈的眷顧。」人類在宇宙裡是脆弱的，此景此時，讚美船的主人反而是禁忌。

衆多親友們的幫忙，使得大船最重要的六塊船板的雛形很快便完成，扛回到夏本・阿尼飛浪家的屋院，深山裡重度消耗體力的伐木工作，終於告一段落。總計其所獨自砍伐之大大小小的樹有三十八棵，在三個月的時間裡，並且在二十天內完成組合、拼板、縫補及雕飾。如此迅速地竣工是島上六個部落的族人未曾有過的紀錄。

撇開部落民族合理化其民族起源的神話故事不談，關於達悟祖先從何處來？又如何隨風漂泊於汪洋大海？最終漂移定居於人之島（蘭嶼）的歷史軼事，在達悟社會所有的祭典中，找不到任何一首歌功頌德的英雄史詩。在達悟的傳統觀念裡，誇耀祖先是如何如何驍勇、勤奮、善良，在祭典的祝賀歌詞被視為禁忌，畢竟，祖先過去的種種是海平線上忽隱忽現的黑點，是不同的歷史時空，誇飾祝賀詞中適當的褒與貶，必須眼見為證。

老舅舅淚灑夏本的新船

雕刻著達悟特有的船紋，像是優美典雅身著傳統服飾的清新且自信的少女，大船佇立在夏本・阿尼飛浪家的屋院讓人觀賞。

七月二十八日清晨，他九十、八十六、八十歲的紅頭部落的三位舅舅提前來訪祝賀。三位高齡的滿臉刀刻般皺紋的舅舅，眼見孩子非凡的成就，露出漆黑的檳榔牙齒，眼角溢出他們半世紀以來囤積的淚水，沿著歲月的刀痕灑落在夏本・阿尼飛浪的八人船舟。他，夏本・阿尼飛浪，此刻強烈壓抑其即將噴灑的淚漿，尊敬地引導前輩進屋入座，他走進現代化的浴室洗臉，沖淡鹽度高的淚水。

彼時，他們的姪女已坐在屋內等候，閒談一會兒後開口唱道：

諸位前輩　從你們膝蓋掉落的孩子
如我　我是徹底地沒有臉

嫁給一位被此部落嘲笑的人
你們前來祝賀你們懶惰的孩子
你們將沿著礁石的路
沒有禮物地回到我出生的家

接著船主禮貌性地敘述他們夫妻倆開地種芋及伐木的來龍去脈，試圖把陳述的時空情景拉回到過去兩年的歲月。他建造大船最主要的目的在證實他們的甥女嫁給他，是他家族無上的榮耀；其次，沒有三位舅舅以前熱心的指導（造船技藝、創作詩歌、觀測天候），是沒有今日的成就的。他的陳述最隱含的語意即是感恩，大船是獻給他們的禮物。與其過多的敘述，不如吟歌唱詩：

諸位前輩　我的父親們
請你們的眼睛不要好奇
我的智慧是你們傳授的
造船文化是代代傳承

從我們祖先起的
假如我們是同部落的人
我是你們的奴隸
祝你們身體健康
請你們的心臟不要好奇
孩兒的皮膚只會與木板打架
因而沒有禮物陪你們回家

倒退回古謠對唱的時空

三位老人猶如枯樹似地專心聆聽甥女掘挖芋頭的水聲、甥女婿伐木的斧頭聲，他們心中在來訪前早已作好祝福孩子們的歌。

夏本・阿尼飛浪致謝長輩歌唱完後，時空的氣氛緩緩地倒退到達悟傳統古謠對唱的情景，一切顯得寧靜祥和，歌詞尤其縈繞在自我貶抑的詞彙裡。平靜之後，船主八十九歲的大表舅，如颱風來臨前，在遙遠的外海隆起巨大的浪頭似地移動僵硬的身子，此刻，其雙唇的口液讓喉音發聲，說了幾句象徵性的祝賀話語，接著吟唱：

如果祖先的神話故事是眞的
孩子　你是延續神話故事的人
然而　你眞的不是很了不起的人
你建造的新船的命運
只在你的船屋納涼讓人觀賞

二表舅的祝賀歌：

你的新船　我們的孩子
猶如地震般震裂我們的島嶼
因而　全島的人扛著腳掌
在你們家的屋院休息
你屬於了不起的人

三表舅的祝賀歌：

我不誇獎你
因爲我們的孩子
你不夠格讓我讚美
況且　島上沒有人認識你
讓我的話休息在你的心臟

屋外的嘈雜聲像是不時拍擊礁岸的浪濤，是部落族人正在堆放芋頭到船身傳來的。屋內至親的親人仍繼續與船主禮貌性地對唱，我虛心地傾聽如古老海洋民族的歌聲，我的心臟在劇烈震盪。

一唱一和，褒貶如浪頭起落

船主夏本·阿尼飛浪，我的表姊夫，一一答唱午後迎賓儀式前親人的祝賀歌。如果海平線的浪頭是最年長的大伯，那麼浪頭正慢慢逼近屋內年紀最輕的我，我的心臟劇烈震盪，因爲我還不熟悉古調的旋律，深恐在正式而嚴肅的場合表現失常，終生背負不純淨的達悟人（徹底漢化的達悟）的污名。

大伯混濁的眼眸瞪著我，以及我身邊令他百思不解的電腦螢幕，彷彿深深地懷疑我這個孩子。大伯咳了一聲，象徵要我敲開喉聲，此刻，縱然我不唱歌，也必須用達悟的文言文祝福表姊、表姊夫兩年以來的辛勞。

我雖然有很多機會在台灣演講，且已習以爲常，但此刻此景，讓我心驚膽裂的不是嗓音爛而是祝賀詞不當。浪終究要宣洩的，表姊、表姊夫也終究要打理許多瑣事，因此，我不得不說話或唱歌的，撕開喉音吧！我祝賀的歌詞：

我的心臟在流淚

我們家族拋棄的姐姐
嫁給島上的望族
姐姐是個懶惰的女人
使你們的新船空無漁獲
因而你被島上的人瞧不起

唱完後，在我擦拭臉上汗水的同時，表姊夫回道：

你家的屋院魚腥味仍然很重（你剛完成有雕刻的小船）
被漢化的人回到祖先的島嶼
勇氣十足地獨立建造祖先的船
老邁的父親之雙臂已脫白了
但我聽過他祝福你的歌聲
鬼頭刀魚是你首航的證據
島上的族人因而尊敬你了

不但如此　台灣的人更敬佩你
你精緻漂亮的船在台灣最高學府展示
數不清的魚兒貼在漂流木旁
已是曾祖父的老人
像孤兒似的在海邊徘徊落淚
看不見我兄弟的船
在海上釣鬼頭刀魚
我因而瞧不起你

芋頭封蓋大船，喜極而泣

親人所有祝賀的歌詞，全縈繞在褒與貶不明確的、混合穿插的象徵語意中，宛如恆常不定的大海，此起彼落，落了又起，在男人一生成長的場域，建構個人社會地位的源頭。然而，親人第一波祝賀歌詞的儀式，只是精神上的安慰，船主也只以簡而易懂的詞彙回敬，不急於表露祖先迎賓的歌詞。

直到午後，當新船被數不清的芋頭封蓋，像是一座山頭，幾位長輩親眼目睹兩年以來他們開田造舟的勞動成果後，夏本·阿尼飛浪再次進屋，虛心誠懇、面帶喜氣地坐在他敬愛的大表舅身邊，細說從頭。

彼時，只見大伯眉開眼笑，他們六十五歲的甥女，業已喜極而泣，一切盡在不言中。

——本文刊載於《經典》雜誌二〇〇一年九月號

【第二卷】

想念島上的親人

我的父親（夏本·瑪內灣）
上帝的年輕天使（夏曼·阿泰雁）
天使的父親（夏本·阿泰雁）
永恆的父親（夏本·阿烏曼）
日本兵（夏本·固旦）
失憶勇士（夏本·永五生）
海洋大學生（達卡安）
龍蝦王子（夏曼·馬洛努斯）
三十年前的優等生（洛馬比克）
祖父記得我
樹靈與耆老

我的父親（夏本・瑪內灣）

坐在父親的身邊，
看著父親早年貼在牆上的照片，
有二十年前的我，
也有二十、三十、四十年前的父親的照片。
最帥的是，父親站在他的船高舉銀帽行招魚祭的神情。
此刻，我移動雙目專注地看著父親
現在憔悴和無法再潛水的身體，
發覺智慧泰半戰勝肉體。

晨間的陽光宛如剛睜開雙眼的嬰兒，把小島從黑夜裡救出。這對夏本而言，日日的輪迴業已數不清了，只是在這個時候的男主角已變成了兒子。兒子和一群仍舊堅持傳統生產生計的幾位長老一同出海釣鬼頭刀魚，也許是懷念昔日之情景，每當在飛魚季時，部落的男人如蜜蜂般地全部出勤奔向汪洋大海，划著自己的船與大海共譜生命的彩虹，男人們結實之肌肉線條便是鐵證。夏本摸摸鬆弛的、失去彈性的胸肌，望著東方的晨光爾後移開位子坐在兒子旁，說：「一切小心，在大海中翻船是次等的男人。」

兒子不以爲然地望著海，自以爲是似的。夏本像是與沒有靈魂的木頭說話似的感到被莫名的羞辱。難道說這句話也是錯？他想。沉默和孤寂是老人唯一能體驗到的晚年最珍貴之財產，也是他僅有的。時光猶如浪濤不能稍帶一絲感情而停留不走，他想，他眞的老了。不僅僅是他，所有的人皆是有這麼一天的。十年前的這個時候，他也是這一群裡的一員，雖然已七十來歲了。

十年後，他只有「期待」的份，白天期待兒子有否釣到鬼頭刀魚，深夜期待部落的男人有否捕撈很多的飛魚。彼時海邊是他最親密的朋友，只有她才能聽得到他的呼吸。鬼頭刀魚、飛魚、拼板船、堅持傳統生計的人，還有大海等等是夏本讓心臟繼續跳動主要元素。白天赤熱烘頭的陽光，他拿著陽傘頂太陽，夜間烏雲灑下雨絲時，他披著被柴薪燻黑的雨衣，用沙礫覆蓋長滿繭的雙腳，只爲了「期待」歸行的船隻，爲了觀賞變了色、失去靈魂的大魚和飛魚，他用眼睛視覺感受生命仍存在。與他年歲相仿的一位老人也披著套頭的雨衣坐在旁邊，雨，阻隔了他們語言的交談。雨水順著雨衣摺溝而下，後邊的路燈朦朧地照射海岸，可看出雨落下前歪七扭八的、但很有秩序地落在沙礫上或是在海面上，這是他們有聲有影之夜色螢幕，唯已經經歷了八十來年。海面如平躺的嬰兒心跳似的一上一下不停地在浮動，波浪在潮間帶洩了又起，起了又洩。他們是看不膩的，但重點不是在觀賞而是在思考，想什麼呢？他哼著歌，旋律近似波浪起伏。

我雙腳的移動已經笨拙
我雙手的力量已經消失
剩下的只是骨頭
我的話像流水一樣不斷
無人珍惜河水的流失
以爲那是天神的財產
我的智慧像大海一樣的滿

無人珍惜大海的存在
以爲那是天神的財產
我是……

「朋友，你說得一點錯誤都沒有。」另一個老人說。夜像是被撥開了一道熱光散發在夏本・瑪內灣的胸膛內。「朋友，在這兒很久了嗎?你。」「很久了！」他說。之後，夜又被烏雲密封而歸於寧靜，「期待」又浮現在他的腦海：船上的人還有船內的魚，還有期待天空的雨趕緊停止落下。人總是會爲自己設想，尤其是自己不喜歡的事物或是情景。然而，雨會聽人的話嗎?雨衣保護了他們瘦骨的身軀，也給他們小小的溫暖，在期待的過程中。

「天氣不佳，所以我不想捕很多飛魚，只要早餐有飛魚吃就好了。」

「沒有空著船回來便是好運氣。」夏本・瑪內灣說。父子倆消失在黑夜中淋著雨往回家的路上。

飛魚季過後，在父親上山撿柴之際，兒子去了台灣工作。兩天過了，夏本忍不住地略帶不安的心問女婿，說：「孫子的父親到哪裡去了?」

「去了台灣工作。」老人抓抓頭用左手，癢癢臉用右手，走到樹蔭且坐了下來。青色的煙霧從柴房四邊冒出，他沉默的臉顯出孤冷和無奈。

這個時候，應該是兒子浮潛射魚回來的時候，他想。他認爲兒子沒有去台灣，所以一直在外面等。太陽已經下海了，餘暉由海平線下放光，一切顯得涼爽怡人，部落的外圍不時聽到族人放聲喊叫「Keci Keci」餵豬的音，於是去豬舍一趟看看兒子是否在那兒。當然，豬舍沒有兒子的影子，於是又走了回家，再次地問孫子的媽媽，說：「孫子的父親怎麼還沒回來？」

「我說過了，他已經去了台灣。因爲我們沒有錢吃飯了。」老人不相信自己的耳朵而再次地問：「妳說：『我的兒子去哪兒？』」

「我說，你的孫子們的父親去了台灣。」聲音很大，好像天神可以聽到似的。

「他，爲何不跟我說呢？」老人在心裡依然不相信。

夏本進屋內取出外套爾後循著兒子騎機車常走的路，一路上問是否有看到他的兒子，答案總是與他的想法不同。他認爲這些人就是喜歡欺騙耳聾的老人家，彼時，思念的傷痛從心臟加速地跳躍啓動。「怎麼不跟我說就走了呢？」自言自語地說。走著走著眼淚自鼻子邊緣湧流而下，光漸漸地弱了，他的緊張由小墊步的跑可看出。老人低著頭擦溢出的淚，仰著頭流淚，如此地動作一直重複。夕陽的光完全沉睡了，彼時轉換成惡靈之清晨。坐在路邊的草地，擦拭淚水還有不多的汗，面對黯黑的汪洋，仰頭望著右手邊剛出爐的天空的眼睛，想著兒子。然而，這時他已看不到部落的燈火了，不僅如此，也聽不到他熟悉的兒子的機車聲。茫然的臉，不安的心在淚水汗水乾枯之後，仍舊不逝去。惡靈嘲笑他，風安慰他，天空的眼睛看不到他，海同情他。夜色和老惡靈伴著他的孤獨和傷心在回家的路上。

「我孫子的母親，沒看到孫子的父親在路上。他究竟去了哪兒呢？」

「我不是說，你孫子的父親去了台灣嗎？」她非常心煩地回道。老人似是被挨罵般狼狽地走進他的房間，一人啃噬夜晚的淒涼。只有他聽得懂的歌詞和波浪似的旋律自門窗之縫隙飄出屋外，風在安慰他，海在同情他，善良的鬼在暗處傾聽他的歌聲，夜在沉默，月在沉睡。

我的話已放進你的耳朵了
如果你是純的達悟人的話
你已不是在潮間帶嬉戲的年歲了

湧浪急流是淬煉你的體魄膽識
因你已是爲人之父了
孝順的兒子在他出海去遙遠的小島
划船捕魚時
爲何不告而別呢？我流淚是
因爲我年輕時不曾流淚
這時的淚是用它來思念你
我唯一的兒子
我望著海彷彿看到你的身影
因爲海深愛著你如我年輕時一樣
離開她相等於拋棄我
爲何不告而別呢

風聽得懂，海聞得到，善鬼明白，唯獨兒子沒聽到。老人背靠著牆沉睡了，心臟的跳動很慢。晨光射進屋內，從門縫。

「我還活著嗎？」他說。

「孫子的母親。」

「什麼事？」她說。

「孫子的父親何時回來呢？」

「不知道啦？」

「他沒說嗎？」

也許他眞的沒說，老人自言自語地回到他的房間。孤獨，是兒子不在時，才更感覺得到孤獨。這個孤獨是被海隔絕的，老人只能望著天空看每班的飛機是否帶著兒子回來。對島上的老人而言，有時幾個月而已，有時一年、兩年、五年……不等。

三個月以後，我回家看家人和父親。父親和往常一樣，枯坐在樹邊望著海，此時的眼珠，朦朧地像秋天之景色，失去了光澤。臉頰凹陷得猶如難民營裡的囚犯，父親告訴我說：「我的兒子去了台灣很久，他不在家。」

「爸，是我，夏曼．藍波安。」

「孩子，眞的是你嗎？啊——兒子，你終於回來啦！幸好回家的路很乾淨，但願你所有的靈魂也回來了。」父親的雙手抓住我的肩膀低著頭一直在跳躍彷彿怕我消失，同時一直掉眼淚。此時，我的小狗也不停地跳、不停地汪汪叫。

「閃開，他不是你的兒子，別在這兒吵。」

「爸，你不是嬰孩啊，爲何哭得如此嚴重？」

「別再離開我了，兒子。」

我默默地呑下淚水看著父親消瘦的身軀，此時，傍晚總是來得特別地快，尤其秋天的景色更令人傷感許多，那幾天父親每次和我說話總是會流淚，彷彿有許多話要在很短的時間內說。在家的那幾天，深夜時父親的房間不曾斷過有歌的聲音，聽來似是從遙遠的海上飄來的音，音口恰似對準我的耳朵如兒時的搖籃歌那樣地悅耳。

「爸，我要去台灣了，你要照顧自己……」我說。父親抓住我的手臂不放，雨慢慢地下，下得地都溼了。我低著頭慢慢地離開父親的視線。

「爸，照顧自己，我會很快回來的。」我在離上帝很近的天空的飛機裡祝福爸爸。我的淚如雨絲滴落在父親的身上，那是我所有的祝福和思念。

媽媽氣很喘地向在二樓書房的我說：「下來看你的父親，順便去叫你的叔父，你父親的呼吸很短了，我臆測他就快要去見你墓場的祖父了。」

父親全身無力的、斜斜的，右手肘頂住水泥地而背靠在牆壁邊。乍看，父親仍在呼吸，離右手約是手掌寬的距離有一個沒利刃的舊刀，這把刀是我和妹妹在小時候睡覺時驅除惡靈用的，在我兒子睡覺時媽媽也把這把刀掛在搖籃邊，讓惡靈不敢靠近。我摸摸這把有歷史的刀，回想它陪伴我的童年。如今孩子們的搖籃懸掛的是十字架，而父親的頸項也掛著它了，顯然十字架在人生病時有了它的功效，只是父母親經常故意忘記上教堂。

「去叫你叔父上來，因你父親的呼吸很弱且口很臭（死的預兆）。」媽媽說。

「爸，是我，你的兒子，你怎麼啦！」我說。

我把父親的身體扳正，好讓他舒服一些。他什麼也不說，只有朦朧的眼睛看著我，憔悴的神情並沒有令我深深地傷心，因我看得出父親是因爲吃壞了肚子而有脫水的現象。

我燒了一壺熱開水給父親喝，一會兒後他有了一些反應，於是又多給他一些水喝直到他有力氣說話。耶穌像上的時鐘指向凌晨兩點的時候，父親終於開口說：「我夢到你的祖父們在地底叫我趕快回到他們那兒，幫他們做船。我想，我已吃夠你捉的魚了（你的孝心已夠了），我想離開你和孫子們了。」

「爸，明天再說吧！」

「哪有明天的事?快去叫你的叔父，否則你父親斷氣的話你不會處理。」

「妳是在詛咒爸爸嘛！」

「他想死就讓他死啊！」媽媽再次地說。

也許他們是好幾天沒吃新鮮魚才使得他們情緒壞吧!這幾年，沒有新鮮魚吃是他倆老人家經常鬥嘴的主因，如果我在台灣的話。

夜的寧靜總是讓人方便思考。在以前冬天的深夜，父親和朋友去捉魚時，父親總是命令母親叫醒我和妹妹起來吃生魚片和魚的眼睛。

「媽，爸爸不會有事啦，他是拉肚子。」

「可是他的嘴巴很臭啊！」

「我先上去休息，妳來照顧爸爸，我已趕走不是親戚的惡靈了。」我說。

「我才不要照顧你爸爸，我生你們的時候，他只有海沒有我也沒有你們。」

四十年後，媽媽算這筆帳，感情也許有一點，但感情很脆弱；她腦海裡更多的是無惡不做的惡靈的魔幻影子。坐在父親的身邊，看著父親早年貼在牆上的照片，有二十年前的我，也有二十、三十、四十年前的父親的照片。最帥的是，父親站在他的船高舉鋇帽行招魚祭的神情。此刻，我移動雙目專注地看著父親現在憔悴和無法再潛水的身體時，發覺智慧泰半戰勝肉體。天就快亮的時候，父親摸著我的手說：「孩子，我想要走了，想去跟你的祖父們一同造船。」屋外的天漸漸有了光，死總會有那麼一天，但我還沒有準備好，因爲父親帶走的是我們族人的智慧而不是肉軀。

去新竹清大唸書的第二個月，爸爸問孩子的母親說：「孫子的父親去了哪裡？爲何都看不到他人呢？」孩子的母親沒有回答。過了幾天，父親哭著又問孩子的母親同樣的一句話。

「去台灣唸書。」彼時，父親在涼台坐了一個晚上，幸好在上上個月那天的月亮很亮。父親已八十四歲了，偶爾上山浪費時間，可是大部分把時間放在餵豬，欣賞黑黑胖胖的六條迷你豬來紓解無聊，並跟牠們說話。

我靜悄悄地進屋，偷偷的換潛水裝及魚槍。父親背向夕陽面朝東邊蹲坐睡覺，好使太陽曬熱背部，保持體溫。我疾步快速飛馳前往我熟悉的海域潛水射魚，希望給爸爸一個驚喜。

「我的海，我回來給妳抱，請給我平安。」我祈福道。

天氣的良好，讓很多的族人跑出來到海邊礁岸垂釣，然而，海上沒有人潛水射魚。

海面看來溫暖，但我知道海裡面是冰冷的，彼時由不得我退縮，我於是去感受那股冰冷的水，從頸部到尾椎——冰寒刺骨的感覺，這才叫做——水，這種感覺是海神給的。

回到家裡恰是父親餵豬回來的時間，由於他沒有聽說我要回來，所以表情是一副老人慣有的冷峻及沉默。我看著他走路，他看著地走路。

「Yama。」我說。

父親扔掉豬餿桶埝步疾走地說：「何時來的？我的眼睛在看你的時候很模糊。」父親一面流淚一面摸我迎風而冰冷的臉。

「孩子，眞的是你吧！」

「我的眼睛看任何東西都很模糊了，」

「家裡的曬魚木架從你離開後就一直很輕（木頭和我都想念你，家裡少了捕魚的男人），每天一早我就先看木架，用幻想想你的魚。」

父親矮了許多，記憶也模糊了，但不忘記用哭表達他的感情。也許這是人類表達自我的眞情吧！我想。

父親和我在屋外一同吃飯，看著偶爾有星星的天空，爸爸說：「有惡靈跟我們吃飯，會吃不飽。」

「好吧！」我說。

父親眞的很久沒吃魚了，而我也是。

「別離開我，只有魚我才能吃飽。」

「上帝會保佑你的。」

「可是，我沒有上教堂啊。」

「你只是忘記而已。」

夜，這一夜我非常心情好。父親的房間傳來他的生命歌聲，旋律像浪濤，從遙遠的那一波來到最靠近心靈的浪。我知道，父親吃得很飽。他用歌聲感謝今夜的晚餐，我沉醉在今夜的歌聲和古老的歌詞中。

——本文刊載於《人本教育》札記二〇〇〇年一月號

上帝的年輕天使（夏曼・阿泰雁）

他笑了，氣泡從嘴裡冒出，
很多小魚兒搶著戳破小氣泡；
他又吐了一口氣，
泡沫自海底慢慢地漂浮上升，
小魚兒又爭先恐後地戳破泡沫；
他又吐了一口，但最後吐的是胃裡發酸的穢物，
魚兒們又爭著搶著吃，
遠方的體型較大的魚逐漸逼近。

「又喝了！」女人無可奈何地說。

「米酒只會吃你的肌肉，不會強壯體格的。」

「看，天氣如此好，浪如此地平靜，部落的男人全都往海裡，唯獨你泡在米酒裡，在家裡休息，你眞的是達悟男人嗎？」希南・阿泰雁喋喋不休地向她的先生夏曼・阿泰雁抱怨並帶嘲諷的口氣說。

「至少讓我喝完半瓶吧！」夏曼・阿泰雁說。

「你喝半瓶的海水對你的腸胃會比較好！」

「幹嘛說這種話。」

「你不知道明天是女兒的生日嗎？」

「知道啊，喝完這半瓶，我就去潛水射魚、找章魚、挖五爪貝，好嗎？」

「沒有太太的年輕人老早就去捉魚了，而你卻一大早去雜貨店欠一瓶米酒，唉！你有資格被稱爲夏曼（爲人父）嗎？」

「知道啦，喝完這半瓶就去海裡啦！」

「何時喝完呢？」

夏曼・阿泰雁在涼台上伸頸望海，一會兒說：

「潮水退到一半時，我就去啦！」

「現在就去，一口喝完半瓶，剩下的回來喝，可以嗎？」

「可以啊，但很苦啊，很大口喝的時候。」

「很苦還天天喝。」

「難道妳要叫公賣局倒閉嗎？」

隔壁家堂嫂正在織布，笑得人仰馬翻，從室內飄出驚天的笑聲，並說：「米酒藏好，它不會走路，你捉魚回來再喝呀，米酒會跑嗎？」

咖啡色的臉皮印出些些的漲紅，彷彿酒尚未喝得過癮，表情也顯得不悅，一早被孩子的母親羞辱覺得好像是惡靈的詛咒；然而，爲了給孩子過生日，捉章魚賣，掙些錢是應該的，並且邀請一些好朋友來家裡聚聚，至少可增添一些樂趣，如果沒有魚，沒有海鮮來慶祝女兒的生日，他還眞的不是道地標準的男人，他想。況且，他也可以算是部落裡稍微會潛水射魚的男人，更可說是位捉章魚的好手。只是多年以來，酒精已開始在他的體內發生作用了，也就是說，難得清醒的時候，他的雙手會不斷地顫抖，自然地，捉章魚的能力與體力就大不如往昔了。

晴朗的天空，湛藍的海，微微的波浪拍擊礁岸，令他神情舒暢而忘了被孩子的母親羞辱的窘態。

兩個小時之後，他的網袋塞滿了三條章魚，但沒有射到一尾魚。網袋小且在游泳潛水的時候很不方便，所以他想先把章魚放回家裡的冰箱，然後再下一次海。

「那麼快就回來呀！」太太說。

「我還要下海呀，只是先回來冰這些章魚。」

「別找藉口啦，我知道你要把那半瓶喝完啦！」

夏曼·阿泰雁露出灰色的牙齒，很自在地在很短的時間內乾完半瓶的酒。

「好苦啊！很大口喝的時候。」

「不想喝苦的，就去喝海水呀！」

他非常地氣憤，認爲孩子的母親在詛咒他。神情突然地轉爲悲傷，但喋喋不休地自言自語，企圖驅散女人的咒語。

「那樣不好呢，對男人說這樣的話。」堂嫂說。

「叫他戒酒，我的話哪裡有錯呢？」

「沒有錯誤，只是在男人下海前那種話是不能掛在嘴舌的。」

彼時，天氣依然晴朗。夏曼・阿泰雁的情緒已非先前那樣舒暢。他坐在潮間帶望著很遠的海平線，他覺得不想下海，沒有心潛水，發呆了好一陣光景。

浪浸溼了他被午後的陽光曬燙的粗糙的雙腳，令他有冰涼的舒爽。用手掌舀一些海水洗臉，舀些海水弄溼頭髮，雖然覺得很舒服，但有點頭暈，不知道是熾熱的陽光還是米酒搞的鬼，他感覺到頭有點疼。他回想今早送女兒上幼稚園的情景，令他會心一笑，爲了女兒的生日，爲了她有鮮美的女人魚可吃，爲了她，頭無論如何疼痛，只要女兒快樂就好。

「爸爸，明天是我的生日，要挖五爪貝給我吃哦！」這句話，他想了又想，並驅散了內心裡的不愉快。

「我會挖很多很多的五爪貝給妳吃。」他回想早上給女兒的承諾。

平靜的海如女兒純真的笑容，此刻的頭疼，此刻的頭暈又算什麼呢？結婚十多年，才生出這唯一的孩子，他想，這是天神賜給他的福氣，是上帝後來補上的祝福。

不規律的波浪永遠是他不曾細心欣賞的景色，就像大海不曾注意過他的存在。他帶著女兒請求的話，慢慢地游向大海，專心地尋找五爪貝。

每當他挖出一個五爪貝，附著在礁石裡的肉根便引來很多很多色澤艷麗、游姿曼妙的熱帶魚前來爭食，他從來沒有注意過這些小魚兒的漂亮，無限綺麗的海底，宛如女兒不可言喻的話語。他又慢慢地潛下去，深度約莫十公尺左右，四公斤重的鉛塊在腰帶，輕鬆地讓他在海底觀賞許多不同種類的、色澤鮮艷的熱帶魚。已是四十餘來歲的他，此時才發覺到許多種類的熱帶魚是那樣迷人。看著牠們啄著剩餘不多的肉根，偶爾體型較大的用嘴撞走嬌小的魚兒，小魚兒啄著大魚兒的尾巴，令牠不得安寧，並乘機爭啄剩餘不多的五爪貝肉根。夏曼・阿泰雁看在眼裡樂在心中。

他再次地潛入水中，挖開兩個五爪貝，使貝肉張開，小魚兒便可以有較多的食物吃。以前射過很多的魚，有大尾的，也有小條的，只是近來酒喝得有些過分，體能上已衰退很多，但他不曾像今天這樣地迷著觀賞小魚兒爭食的情景，原來牠們是那樣地可愛，那樣地令人珍愛的小動物；害羞的小小紅魚在啄一小口後就躲進礁縫，並且不停地伸頭用小小的如他的女兒的門齒一半的眼睛瞧著他。

他笑了，氣泡從嘴裡冒出，很多小魚兒搶著戳破小氣泡；他又吐了一口氣，泡沫自海底慢慢地漂浮上升，小魚兒又爭先恐後地戳破泡沫；他又吐了一口，但最後吐的是胃裡發酸的穢物，魚兒們又爭著搶著吃，遠方體型較大的魚逐漸逼近。遠遠的、很遠的、很深遠的海底是淡藍的、青藍的、深藍的，午後的陽光折射入海，可以清晰地看出一絲絲的光線。然而，在最深藍、看不到陽光折射光的地方，夏曼．阿泰雁①的靈魂已在那兒悠悠自在地漂游，海底是如此地迷人，白此，他再也沒有出海面換氣，小女兒，希．阿泰雁最喜歡吃的五爪貝依然留在海底。

「爸爸呢？」希．阿泰雁問媽媽。

「別問了，爸爸的靈魂仍在海底游泳。」

希南．阿泰雁背著海抱著小女兒說。

——本文刊載於《人本教育》札記二〇〇二年二月號

注釋：

①夏曼．阿泰雁一九九六年十月某日死於海裡，留下五歲的獨生女和女兒的媽媽，以及七十五歲的老父母。一個月後，母親因想他很難過，也死了，不知什麼病。

天使的父親（夏本・阿泰雁）

火，燃燒了兒子所有的泳具，
燃燒了老人對兒子所有祝福，
灰燼留下的是，老人對紅標米酒不能磨滅的恨
陽光射在海平線後的淡紅雲彩，
赤紅的火焰和著夕陽的餘暉
默默燃盡夏曼・阿泰雁的潛水泳具，
赤紅的魚槍鐵杵煞似刺入夏本・阿泰雁的心房

「聽說，哥哥在海底。」夏曼・阿泰雁的弟弟語氣低調，眼神望著山丘，背著海對坐在涼台上的父親說。

夏本・阿泰雁①聽了之後，左腳踩著木梯，雙手緊緊地握著木梯架，緩緩地、小心翼翼地走下來。模糊的瞳孔看著次子說：「是誰看到你哥哥在海底的？」

「是那個媽媽是部落的達悟人、爸爸是台灣人的年輕人看到的。」

「哦！是那個年輕人。」夏本・阿泰雁說完便坐在次子的機車上。

老人的姪子聞訊後也趕到了年輕人指示地點。老人近八旬的年歲，雙膝皆已彎曲，行動很是不便，坐在欖仁樹旁的陰涼處跟次子及姪子說：

「心平氣和地去探視，是否是你們的哥哥？」

老人從他自製的網袋掏出檳榔、石灰、老籐，三種料結合在一起，然後放進嘴裡嚼，吐了一口檳榔汁。岩礁岸被茂密的蘆葦遮住，使他看不到兩個孩子游到海裡的情形，只有動也不動的海平線是他看得到的海。

午後的陽光逐漸拉長欖仁樹的影子，陽光直接照射在老人粗糙的臉，他聽得到海輕輕拍岸的聲音，這種聲音老人已聽了七十多年。平靜的浪，秋季的陽光，年輕時「海」是他的家，此時，只有眼睛去享受，腦海去回憶那個家；然而，那個家卻是長子——夏曼・阿泰雁永遠的家。

臉被太陽照射得冒出了不豐富的汗，循著刻度深的紋溝匯流，雙手緊抱著雙膝，背靠在樹幹，表情猶如寧靜的海面。上層雲動也不動地貼在天空上，不多時，海平線上的雲朵呈現淡淡的紅色，色澤如同老人血紅的眼球。老人的頭宛如被樹幹固定似的不動，海裡的浮游生物漂東忽漂西，浮上忽下沉，老人的臉溢滿了汗與淚，唯心跳如平時般跳動。

人踩著石頭走路，使石頭碰撞的聲音逐漸清晰，他的心跳慢慢加速，預示親生兒子的死亡已是事實，次子、姪子出現在他眼前，多了一具不會再說：「爸爸，好。」的肉體，孩子們把夏曼・阿泰雁的屍體安放在老人的面前，他緩緩地彎身跪在地上，把長子的水鏡取下，睜開凸起的眼珠好像在說些什麼似的。老人把右手掌貼在兒子失去視覺的雙眼，說：「是我，兒子，祝福你心地善良在地底下。」

兒子的眼睛終於閉了，是永遠的。老人脫下被長期燻黑的外套，覆蓋在兒子的頭部，然後回坐在他原先坐的地方。次子與姪子將取下的水鏡、取掉鉛帶、蛙鞋，還有他自製的魚槍放在一塊，上面覆蓋一些乾燥的草。

夏本・阿泰雁再次地起身，把兒子尚未完全僵硬的雙手慢慢折曲地貼在臉部，雙腳同樣的動作貼近腹部，姿態與嬰兒從母體出生時完全相同。在此同時，老人一直唸著說：

「孩子呀，叫你少喝酒，你就是不聽，你叫我和你媽媽往後如何生活呢？多少次跟你說，喝酒的時候，不要潛水射魚嘛，在此地的野外，你媽媽怎麼來看你一眼呢？……」

火，燃燒了兒子所有的泳具，燃燒了老人對兒子所有祝福，灰燼留下的是，老人對紅標米酒不能磨滅的恨。陽光射在海平線後的淡紅雲彩，赤紅的火焰和著夕陽的餘暉默默燃盡夏曼・阿泰雁的潛水泳具，赤紅的魚槍鐵杵煞似刺入夏本・阿泰雁的心房。

老人細心地看著鐵杵由赤紅到炭黑，淚水溢出循著很深的紋溝滴落在兒子鹹鹹的髮絲，他哽咽地說：「安心吧，你地底下的祖父會照顧你的。」

說完，老人又從網袋裡掏出一包新樂園菸、一瓶紅標米酒、一個千輝打火機安放在兒子躺下的土地旁。最後，老人用粗糙的手掌拭去臉上的淚水和汗水，緩緩地起身跟著兒子的靈魂往部落的墓地走。他慢慢地走，彎曲的膝蓋，脫下外套的身子，在夕陽完全沉入海裡後的傍晚，不知道他的腦海在想什麼？

長子走了，他很後悔，非常地後悔，他回想三十年前的事。如果當時允諾神父帶兒子去台灣唸書的話，兒子也許不會成爲「酒鬼」，不會是台灣公賣局忠實的顧客，不會爲了買酒和孫子的母親吵個不停，不會被部落的族人瞧不起；如果當時神父強逼他領洗成爲天主教徒的話，上帝的祝福也許比較多，好多的「也許」在腦海裡震盪；如果當時，我沒有造船強留兒子在身旁，強灌兒子達悟文化的優美，海洋的美麗，成爲海的「孩子」的話，也許……，也許不會有這樣的「結局」。然而「也許」的想法，僅僅是掩飾他的難過，送給兒子靈魂的話。

夏本．阿泰雁用小刀砍了蘆葦的嫩莖，在其身子的周圍畫來畫去，且說：

「所有的，不是我親戚的魔鬼，遠離我們，否則蘆葦的芒刺刺入你們身上的話，會讓你們痛苦……」

「我命令你們遠離我的兒子。」

「我地底下的爸爸，祈求您的力量，保護您的孫子……」

彎曲的膝蓋，左右搖晃的身子伴著兒子走完最後的旅程。他鑽進部落墓場裡，他不停地輕聲細語的說話，說著兒子昨日以前留在人間時的故事，讓兒子的靈魂帶走所有在人間時的回憶，全部帶走就不會變成孤魂。

夏本．阿泰雁雙手挖了沙土安放在兒子的胸膛，說：「祝福，願你心地善良。」

老人回到了家，天空的眼睛彷彿沒有祝福他。灶裡的乾柴燒盡了，他重新添加乾柴，這是兒子夏曼．阿泰雁前幾天爲他們砍的柴。火漸漸燃起赤紅的光，他坐在臥病多日的太太旁，火光飄閃在無力說話的婦人臉上，眼淚已經乾了，眼睛累了，嘴角在蠕動，老人輕輕把口貼在婦人的耳朵，說：「我們的孫子的……父親，我們的……兒子，走了。」

婦人伸手握著老人的手，勉勉強強的點頭，火越來越旺，天越來越黑，婦人問老人說：「兒子走了嗎？」

「嗯……」夏本．阿泰雁說。

他的太太不停地咳嗽，咳的力氣很小。他於是用右手掌輕拍太太的背，咳一次就拍一次，問她說：「這樣有沒有好一點？」她側躺點頭。過了一會兒，夏本．阿泰雁在爐灶上加些乾柴，並撕了兩三張孫子們過時的教課書，紙張揉成長形的，在赤紅的餘炭上吹了幾下，火很快地旺了起來。

太太依然不停地咳，他不停地拍，她說，她想要看火，夏本．阿泰雁於是坐在地上面對著爐灶改用左手拍，此時，他第一次感覺到太太的背宛如自己快要腐爛的船板似的脆弱。左手貼在她的背上，火的光照在太太枯瘦的臉頰，表情呆痴如木偶。夏本・阿泰雁想著，傍晚剛送走孫子的父親，自己的長子，傷痛的心如海平線一樣不減退，反而……，他看著火光，淚水順著臉上的紋溝不疾不徐地流下。風咻咻地吹，吹進木造的柴房，飄進秋季的涼意。回頭看著太太，火光忽弱忽強，太太的睡姿宛如嬰兒側身曲膝的安詳樣，這樣的安詳象徵夕陽落海時的溫柔，對她是否有明日的朝陽呢？

夏本・阿泰雁問太太說：「我去舀一壺水來煮，好嗎？」

太太點頭表示好並說：「把門打開讓月光照進來。」

夏本・阿泰雁折曲的膝蓋很困難地走路，在深夜的月光，部落的人皆已入屋睡覺的時刻顯得分外地沉重、淒涼。海，不得不看的海，在眼前，在他走過的歲月是沒有改變過的。雖然有月亮的晚上的海是如此純美，也是他不曾否定過的，但這個時候，海奪走了孩子壯年的生命，內心仍滴著傷痛的淚，再好的景色，再美的月空也掃除不了其內心的痛，加上咳個不停的太太……，此刻，唯有烏雲明白他的心聲。

手掌舀些水在臉上揉一揉，洗洗臉，讓自己清醒清醒。

「我的祖先，請你們保佑我的太太，上帝，如果你眞的存在的話，也請你加長她的呼吸。」夏本・阿泰雁看著天空的眼睛輕聲柔語地祈求道。

往家裡的上坡路段，折曲的雙膝走起來格外的艱辛，手提著一壺水是給太太燒開水治療咳嗽的藥。風，從山頭吹下來，感覺涼意充分，月光照在山脊，角鴞發出不祥的聲音，似是兩隻的相互對應，一方較長，一方較短，牠們已經叫了一個晚上。

「我知道，你們高興我兒子的死，高興我太太在生病，你們這些惡靈，我詛咒你們不得好死！」角鴞的聲音非常地困擾著他的思維。

「眞令人憂心，角鴞已叫了一夜。」夏本・阿泰雁溫柔地跟太太說。

「嗯，有啥辦法呢！」婦人蠕動嘴角地說。

「妳還好嗎？」男人問。

「心口很痛，角鴞的叫聲更痛在耳朵。」

「有啥辦法，怎麼封住那些惡靈的嘴呢？」

夏本・阿泰雁再添些乾柴在灶上，把鍋子換成水壺。火漸漸地旺了起來，婦人依舊側躺地看火。

「在海平線有很多外來的船在休息，如此美的夜，但願孫子的父親走得平安。」男人看著火說。

「我很想出去看天空。」婦人央求地說。

他幫她起身，骨的關節喀喀地響，婦人坐了下來吐出一口很長很長的氣，並用手抹去眼角乾掉的淚及復溢出的淚。她一直看火，火彷彿給她人間溫暖似的。

「討厭的角鴞聲。」她說。

「走吧，去外面。」男人說。

婦人右手抓起床邊的竹子當枴杖，左手插在腰間，男人扶著她無法伸直的身軀走出屋外。婦人試著挺直腰，挺著胸，但根本無法挺直，只是腳彎曲地看天。

「好痛，我的心口。」她說。

「不一定要看頭上的天啊！」男人說。

「我們去水芋田旁那兒休息。」她說。

邊走她邊咳，夏本・阿泰惟邊拍其背。每咳幾回就要休息很長的時間，大約走四、五步路，等呼吸順時再移動腳步走。夫妻兩人走著，一個行動不便，一個病魔纏身，角鴞聲傳來一道又一道令他們寒悚的音。

「但願世上沒有惡魔。」婦人邊咳邊說著。

「別管角鴞聲，」

「但願我耳聾。」接著又說。

「人，爲何要生病呢？自己選擇自己死亡的時間該有多好啊！」

「別胡思亂想，走吧！」

月亮正圓，照著他們的路很淸楚。走在豬走的小路（喪家走的路）比嬰兒爬著移動還慢。

「慢慢走，呼吸才會順。」夏本·阿泰雁溫柔地說。

在水芋田邊，婦人在可以觸摸水的地方找一塊乾淨的石頭，有個可讓背靠的石牆坐了下來。

「我回家去拿開水和溫地瓜給你吃，好嗎？」婦人點點頭。

夜色非常地美，天空的雲被風吹得一乾二淨，她靠在石牆觀賞天宇，回憶往事：由於夏天的太陽會咬人，在襁褓中的嬰兒餵飽睡熟後，她經常在有月亮的晚上勤勞地在水芋田工作，挖些早上吃的芋頭。當她聽到孩子的哭聲時，便飛奔回家，邊餵乳孩子邊煮芋頭，並哼著歌給孩子聽，部落的少婦皆是如此……。想到此，臉上擠出淡淡的笑容，也是生病以來唯一的幸福滿足的笑容，雖然長子剛去世不到幾天，至少已克盡母職。

母愛的笑容被月光襯托著，有股難以形容的幸福，回憶淹沒了現實逝去兒子的心痛，也暫忘了肉體的痛苦，回憶是她現在的醫生。

「天使的女兒賜妳笑容嗎？」她的先生問。

「不是，是回憶我們的往事的緣故。」她說。

婦人把溫溫的地瓜分成兩半，她吃著後半截，前半截放在一邊表示分給剛去世的兒子，且說：「這是你食物，你吃飽相等於媽媽吃飽；別忘了，在海底感到很冷的時候要游上岸給太陽溫暖你，媽媽很快就會去照顧你的，這是你食物。」

夏本．阿泰雁仰望天空的眼睛，他的眼睛卻由不得他看清晰，淚水悄悄地落了下來。沉默讓他們飄入回憶往事的時空，是唯一紓解心痛的方法。一明一暗的波紋在月光下似是兒子一睜一閉的眼睛，男人說：「火的光比較溫暖，可以減少妳的咳嗽，我們回家吧！」

婦人滿面淚水地說：「我們的水芋田就是我們的生命，也是我靈魂居住的地方，別讓雜草佔據她，好嗎？」

「嗯，妳的話會帶著我的腳的，我會讓她很乾淨。」

月亮已經休息了，夜色變得很暗，柴房的火光隱隱約約地照在婦人側面的臉，她依舊不停地咳，夏本．阿泰雁不停地在其背輕拍，她說：「孫子的祖父，別拍了。我先走，別難過，孫子的祖父。」

男人輕輕揩去臉上的汗，說：「我會照料我們的水芋田，妳放心。」

婦人走了，離長子去世的時間不到一個月。夏本・阿泰雁依傳統的方法把太太睡姿整理成嬰兒出生時的模樣，說：「天神就在妳身邊。」

次子揹著母親，姪兒隨後，夏本・阿泰雁看著豬走的路，口中唸些祝福的禱詞。不變的浪濤聲始終伴著他踉蹌扭曲的身子兩度穿梭墓地。此刻，他感到他的肉體也會很快地來這兒休息，而且也像嬰兒出生時的模樣，不佔有太大的土地。浪濤聲是最美的音樂，伴著太太入土長眠，咳嗽聲業已歇止。

——本文刊載於《人本教育》札記二〇〇〇年三、四月號

注釋：

①達悟族人以「夏本」稱爲人祖父（母）者，「夏曼」稱爲人父者，名字隨著新一代的出生而改變；因而，「夏本・阿泰雁」即「阿泰雁的祖父（母）」；「夏曼・阿泰雁」即「阿泰雁的父親」。夏本・阿泰雁因其長子夏曼・阿泰雁過逝，乃隨其次子之子的名字而更名爲夏本・心浪。

永恆的父親

（夏本・阿烏曼）

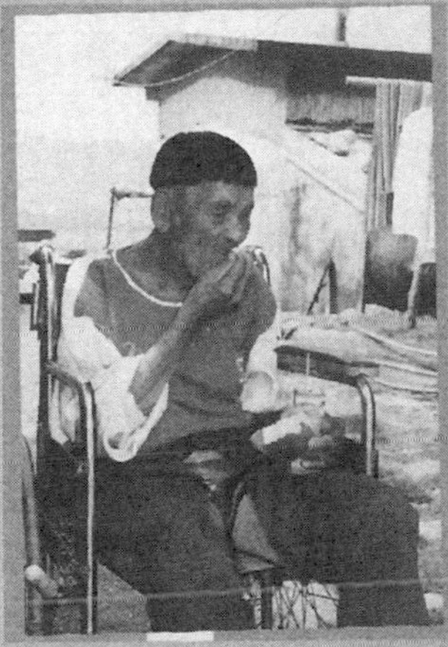

現在的孩子接受台灣人的學校教育，

他們的想法已和我們不一樣了，

就像我們的海　樣，

一邊是清澈的，一邊是混濁的，

有何辦法呢？

兒子在海上失蹤至今已經五個月了，

什麼消息也沒有。

應該是先長出來的葉子先掉落，

為何是正綠的葉先落地呢？

飛魚季節已過了，部落裡的男人，尤其是那些酷愛海的人，只要是海浪不大，在自己可以克服湧浪急流情形下，海即是他的教室。然而，教室有時候是「天堂」的含義，有時候也是「地獄」的代名詞。

夏本・阿烏曼夫婦坐在涼台嚼檳榔，但不說一句話，不到兩歲的孫子依偎在祖母身邊一直看著祖父無神的眼睛。涼台面海的那一面，男的夏本・阿烏曼在飛魚季節期間業已用幾塊木板封住了。

秋季的風，秋季的天空，秋季的海，在天氣良好時，人之島（蘭嶼）的任何一角皆是美的。約莫午後四時，四歲多的三孫子爬上涼台，坐在面無表情的祖父旁，時而看弟弟，時而看祖母，好像有事相求似的。

「價克德，你想要什麼？」男的夏本・阿烏曼溫柔地問孫子說。

價克德摸摸祖父的手掌，時而看弟弟，時而看祖母。爾後低著頭翻翻祖父的手掌，支支吾吾地說：「Ya……kes、Ya……kai，我……我要去游泳，好嗎？」①

夏本・阿烏曼夫婦倆看著蒼鬱的山頭，好像假裝沒聽到的樣子。只是男的夏本・阿烏曼的神情比較激動，使力地抱著價克德在胸前，且說：「你去河溪玩水，不要去海邊游，好嗎？」

「很多小孩在海邊啊！」

「河溪的水比較淺，等你長大後再去海邊游。」

「我很會游泳了啊！Yakai。」

「你現在還不能去海邊游泳，難道你沒有耳朵嗎？」女的夏本・阿烏曼說。

價克德揉著眼睛跳下涼台，走自己的路，而夏本・阿烏曼夫婦倆的眼睛便一直跟著孫子走，最後價克德轉進部落的雜貨店。

在太陽消失後，正是部落的人餵豬的時段，一位老人從雜貨店走出來牽著價克德的手，價克德右手握個可口可樂罐，臉上的表情是喜悅的，顯然已經忘記沒去海邊游泳的事。

「表哥、表嫂，你們好。」夏本・阿泰雁問候說。

「表弟，你好。」男的夏本・阿烏曼回道。

「表弟，你好。」女的夏本・阿烏曼接著說。

天氣非常地好，部落的族人在傍晚都來到自己的涼台上談天或用晚餐。有的家的涼台聚集很多人，有些因沒有新鮮魚吃的人家的涼台感覺則比較令人心酸。對於夏本・阿烏曼夫婦，在他們的腦海，「魚」這個名詞，是走入墳墓前不能磨滅的痛。

夏本・阿泰雁從袋子裡取出約莫七、八節的老籐以及一些檳榔，表示前來拜訪的禮物。當然也從雜貨店買了一些飲料、菸酒。

「我們已是部落裡最沒有用的人了，這是失去孫子們的父親，失去……」男的夏本・阿烏曼簡短回應前來拜訪的表弟的話。

「我們都有相同的命運，只能坐在家裡休息。」夏本・阿泰雁回道。

女的夏本・阿烏曼像是嘴巴被縫住似的，簡短回應說：「命運在捉弄我們。」

三個老人的歲數加起來大概兩百四十餘歲。他們的嘴很少說話，只是不停地嚼檳榔。夜漸漸地靠近，天空的眼睛漸漸地多了，部落的街燈同時放出了光。在這個時候，三個老人的腦海似是晨間的陽光，開始在律動，夏本・阿烏曼夫婦也了解表弟來的目的。這時賈克德和弟弟在露天的院子玩耍，好像什麼也沒發生似的樣子。

「三個多月了依然沒有孫子們的父親的消息，我和你表嫂不知如何吃飯，孫子們也是一樣。」

男的夏本・阿烏曼接著又說：「那天天氣非常地好，部落裡有船的男人，在一大清早就陸陸續續地出海釣鬼頭刀魚，伊姆洛克部落（Imowrod）的人也是。兩個部落前的外海充滿了很多很多的船隻，待在部落的我，那天的精神格外的好，我一面編織網袋一面哼著歌地看外海來回划的船。」

「那天孫子們的父親駕駛外地人的快艇，載六個台灣來的釣客，包括我們本地的兩個船工。」

「那天我也出海釣鬼頭刀魚，白色的快艇開得非常快。」夏本．阿泰雁插一句話的說。

男的夏本．阿烏曼接著繼續說：「當你們在中午全部返航回到部落時，我並沒有什麼不祥的預感，到了傍晚餵豬的時間，我仍然沒看到孫子們的父親駕駛外地人的快艇經過部落的海灣。彼時，我的心猶如颱風前孕育駭浪的不安，你的表嫂比我更惶恐，她的食道口煞是被封住似的，吃不下半口地瓜。日出日落任誰也無法阻止他的運轉，然而，我的心開始在期望與失望之間擺盪。最後那個台灣人老闆向我們解釋說：他們聽到最後一句話說：『船底破洞。』之後就沒聽到任何一句話。那時，我和你表嫂聽了之後，我們的靈魂全部消失似的感覺而不知所措。我們能如何呢？他是我們的獨子，我唯一的兒子，四十歲之後才等到的兒子。我跟孫子們的父親說過好幾遍，不要在飛魚季節捉別種類科的食用魚，因爲那會觸犯最大的禁忌，飛魚神會降下咒語。可是孫子們的父親說：『胡說八道，這是你們亂編的故事。』『也許吧！』我說。

「現在的孩子接受台灣人的學校教育，他們的想法已和我們不一樣了，就像我們的海一樣，一邊是清澈的，一邊是混濁的，有何辦法呢？兒子在海上失蹤至今已經五個月了，什麼消息也沒有，你的表嫂天天喝眼淚度日，而我天天上山想忘記這一件事。應該是先長出來的葉子先掉落，爲何是正綠的葉先落地呢？」

男的夏本·阿烏曼殘留的淚水沿著臉上的紋溝不斷滴落在涼台上的木板。女的夏本·阿烏曼則望著天空的星辰。也許她知道，從她身體掉下來的獨子的靈魂已經在某個天空的眼睛裡降生，默默地祝福他吧！他們年幼的兩個孫子，此時裸露著身子側躺在露天的水泥地上，夢想父親的影子，他們的中間睡著父親在世時的愛犬。

男的夏本·阿烏曼繼續叙述說：「當我聽聞兒子在海上失蹤的消息後，我好想自殺。然而，眼前四個年幼的孫子，尤其這兩個小小的天眞孫子，是他們讓我有力氣呼吸的。獨子早先我走，苟活在土地上也無意義。」

「別再叙述了，表弟是明白我們的心的。」女的夏本·阿烏曼哽咽地說。

夏本·阿泰雁分享表哥的心痛，在深夜時明時暗的月光下拖著彎曲的雙腳，嚥下那份在海上失去兒子的、無人能體會的痛。猶如他的表哥夏本·阿烏曼叙述說：「每一波拍岸的浪，在浪退了之後就帶走我一天的呼吸。」當他回到那狹小的柴房後，海浪拍岸的濤聲依然清澈地飄入耳膜，伴他進入夢的世界。

那一年的歲末寒冬某天，伊拉岱部落（Iratai）前的海面灰灰的，平靜如靜止不動的湖泊，靠近菲國巴丹島的海平線上頭是厚實的雲層。沿著路邊蒼綠的林投棲息著四、五十隻的白鷺鷥，遠遠地夏本・阿泰雁拖著彎曲的雙腳，身穿籐甲，頭戴籐盔，手握長矛②，去參加表哥男的夏本・阿烏曼的葬禮。

「你表哥的呼吸已被退潮的海浪帶走了，在太陽破裂前。」女的夏本・阿烏曼抱著最幼的孫子杜瑪洛克說。

夏本・阿泰雁在門前站立，使力搖晃長矛大聲地吶喊、嚎叫。

「Yakai、Ya……Ya……kai……」杜瑪洛克張大嘴、眼落淚地說。

——本文刊載於《人本教育》札記二〇〇〇年六月號

注釋：

①Yakes，達悟語稱祖母；Yakai，達悟語稱祖父。

②達悟族人於親朋好友過世時參加葬禮的武裝，除對死者表示敬重外，也爲驅逐惡靈（達悟人相信人死時會有惡靈聚集）。

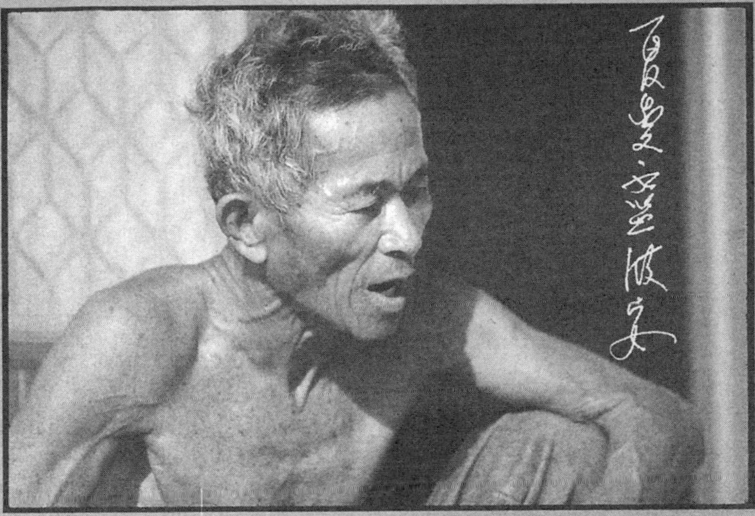

日本兵（夏本・固旦）

我們的島嶼，
如果沒有漢人來困擾複雜我們的生活的話，
我們永遠是在海的包圍下寧靜地、自主地生活，
他們的來到，當然是讓我們有進步、有方便，
但是這些進步的代價
是讓我們的下一代蔑視了我們原來傳統習俗，
當我這一代的老人去世之後，
很可能我們的文化就消失了。

時間如一把雙面銳利的刀鋒，循著時光的隧道，或者說是留在體內的血不斷地在循環、前進、轉動。又如部落裡的耆老說：「時間是分配人的情緒、分配食物的主宰者。」

說眞的，暫時離開家鄉親人一年，對我來說是滿長的，我並不在乎我的老，也不在乎徒手潛水的體能衰退，或是被徒弟超越漁獲數量，但我非常在乎耆老們的老，他們的老去是不可抗拒的，也是不可暫停的。

兒子從台北回來，他的背包尙未放下，輕輕地推開他的祖父二十幾年不曾換過的大門。

「祖父在睡覺，可是他的牙齒沒了，嘴唇塞進嘴裡好像很老了。」兒子如此向我敘述說。

「讓祖父睡覺，他會自動起來的。」我說。

回到部落，我總是像觀光客似的在部落裡的巷道走來走去，看看我記憶裡永遠是年輕力壯，永遠有說不完的過去的老人在海裡生產的故事。我把自己當作是這些老人唯一的聽衆，幾年以後就成了我例行的功課。聽故事，聽起來好像是很好的工作，但總是會被孩子們的母親說：「你是部落裡最無聊、最會浪費時間的壯年人。」

每次被她這樣說，我就多一次地記憶到那個老人所說的話，有時眞不知該如何解釋我內心的感受。在一個地方住久，尤其是在比較「落後」的地方，人的面孔看來看去都是這些人、那些人，說的話是那些事、這些事。人們說這個山、那個海都是無聊的事，說眞的看久了還眞有那種「無聊」感覺；然而，感覺的背後是另一種的思考，我走著看著，後來坐在當過日本兵的一位老朋友的涼台上，看著夕陽也看著他用乾柴生火煮地瓜。

他雙膝雙手地從柴房走出來，緩緩地伸直腰背，胸肌胳膊雖然像是被火燻得有種收縮的感覺，但那鮮明的血管、肌肉，還有那滿頭大汗的臉、露齒的微笑，對我來說，他在實踐眞實的生命語言。

「你究竟躲到那裡去囉？爲何都看不到你的影子？」他用食指擦掉額頭上的汗微笑地說。

「我的內心深處都在你家的周圍呀！兄弟。」我說。

「你變白了。」他說。

「我明天去潛水射魚，立刻變成你的膚色。」我說。

「哈哈哈……你在笑我這個豬皮嘛！」他說。

夏本・固旦已經是爲人的曾祖父了，他七十來歲的身心在長期勞動中淬煉出不斷向體能挑戰的氣質，這也是部落裡老人共通的特質。

他淺淺地微笑又問我說：「很想念你在飛魚季節釣鬼頭刀魚的時候，你究竟去了哪裡？」

夏本・固旦柴房的火很旺，不知不覺中的聊天，夕陽已經入海了，剩下的是餘暉從海平線下照射天邊的多彩雲層。

「夏曼，我已是七十來歲的人了，我不曾看過相同的夕陽景致，這一生。」

「當然，我們只能說是有相同的色澤與氣候。」我說。

「我的心臟停止跳動的時候，海可能會忘記我曾經是這個島上的人。」

「什麼意思？」我說。

「我們的島嶼，如果沒有漢人來困擾複雜我們的生活的話，我們永遠是在海的包圍下寧靜的、自主的生活，他們的來到，當然是讓我們有進步、有方便，但是這些進步的代價是讓我們的下一代蔑視了我們原來傳統習俗，當我這一代的老人去世之後，很可能我們的文化就消失了。」

也許夏本・固旦說得不太清楚，但我明白他內心深處想要說的語言，或者我可以解釋說，老人家們舉手投足皆是文化的表現、文化的內容，對於不可阻止的「現代化」的過程所衍生的矛盾、衝突與貨幣經濟帶來無限的消費及被消費是他們心中憂慮的事。

夏本・固旦端出熱得仍在冒蒸氣的地瓜與兩條蒸的飛魚乾到涼台，我望著夕陽心中蒸騰著無限的喜悅，就像要享受他熱情款待似的。有時突然的拜訪，朋友以最原始的食物一同與他共進晚餐時，達悟的朋友總會附帶一句話說：「這是我們僅有的食物。」

「我們是這樣長大的，朋友。」我說。

熱燙燙的地瓜、鹹鹹的飛魚乾吃在嘴裡，不僅僅是吃食物，同時也在吸收、消化傳統的文化。

夏本吃著地瓜吃著飛魚，而我也吃著地瓜吃著飛魚，是相同的動作、相同的吃相、相同的大海、相同的背景，相同的從土地勞動、從海洋勞動生產食物；不同的是，他的肉體已經很老了，動作慢了，妻子也在去年先離去。雖然處於同一個部落，我來看他，他的高興宛如眼前的大海不能斗量。

「盡量吃吧！夏曼。我是老人了吃不多。」他笑著說。

我用微笑回答他的話。也許有很多的事不能用太多的話說，就像平靜的大海不用說話，人就會主動潛水抓魚。

夏本靜靜地看著我吃飯，他就在我眼前，然而，他想些什麼？我可能永遠不知道。

「叔叔，謝謝你的晚餐。」我說。

「客氣是不好的事，這些飛魚是捕回來給我的。」他說。

喜悅的心是來自於老人的語言，這些語言來自於他常年的勞動。我深埋在心中，畢竟他的話都帶些哲理的意涵。我默默地反思他的話，誠如細細地思考父親的語言，他們說：「你不去與土地直接勞動，與海洋接觸的話，你是不會珍惜生命與尊敬生態的。」我慢慢地走回家，深深地思考他的話，也許知識來自於談天，來自於勞動，來自於不斷的實踐，我想。

——本文刊載於《人本教育》札記二〇〇〇年八月號

失憶勇士(夏本・永五生)

老人用眼睛目送我，
我用腦袋回應他的故事，
他很多很多的故事；對他而言，
他已經沒有機會再向我敘述他的故事，
我依稀記得他曾經說：
「我死後希望你用漢字寫我的故事。」
我說：「我會的。」
其實，他粗糙的臉就是一本我的書。

夏曼・藍波安

八代灣清晨六時的外海一、兩海浬處，伊姆洛克（Imowrod）和伊拉岱（Iratai）兩個部落出海釣鬼頭刀魚的船隻約莫三十幾艘。夏本・永五生也許是老了，其出海的時間比一般人晚了很多，當他划到船隻群集的外海時，晨光已經躍過拉比坦的山頂而直射在海面上反映古老釣技的男人臉上。

遙遠的海面所有人的眼睛盯著釣飛魚的魚線，包括老人夏本・永五生在內，釣鬼頭刀魚的高手趁著晨光剛躍過拉比坦山頂的時段，一個接一個的唱著邀請鬼頭刀魚浮出海面吃新鮮魚餌的歌，我正聽得悅耳，耳朵於是貼在海面，陶醉在古老的男人在海上唱的歌的波浪旋律，與我似懂非懂的歌詞。

山腰出現了影子
正是鬼頭刀魚吃餌的時段
搖槳的手掌頂著強勁的潮流
是我與鬼頭刀魚戰鬥的開始

晨光直射著我的雙眼，浮動的藍色波浪瞬息轉換成白皚，所有船上的勇士皆背著晨光的直射。此時，啪的一聲，綑在浮標的魚線被鬼頭刀魚拉到海裡，我緊張地划船追蹤，浮標如車輪般地在海面轉動，我明白，當我抓住浮標時，鬼頭刀魚已吞下活的飛魚餌。說眞的，確實是如此，鬼頭刀魚已經結實的被魚鉤勾住，這正是我與鬼頭刀魚戰鬥的開始，突然間，在我醞釀驕傲之際，老人夏木．永五生離我船身只有十公尺，他正在注視我與鬼頭刀魚「拔河」；然而，老人確實是「知識經驗」的代名詞，在以勞動爲主的部落社會裡，當我再看他一眼的時候，混雜黃色與淡綠色的鬼頭刀魚業已無力氣地在他船邊擺尾掙扎。

大魚擺尾掙扎的浪沫濺飛到他粗糙黯黑的臉，他不急不徐地像是鬼頭刀魚自動上了船似的，此景貼在我眼前，我只能說：「大海很尊重他。」大魚上了船後，他不說一句話地抛下釣飛魚的線繼續往更遠的海域划，我誠實的用「敬佩」的雙眼目送他，那一天，他釣了三條鬼頭刀魚，這是八年前的事。在這期間，每年的飛魚季節我都會在海上看到他粗糙黯黑的臉，瘦瘦的手臂划著破舊的拼板舟在海面悠悠自在地用歌聲引出鬼頭刀魚，歌聲穿越浪濤、穿越我的耳膜，停留在我的腦海。

二〇〇〇年的七月，我回家探望父母親。八十五歲的父親說話還很淸楚，只是走路時候兩個腳掌貼著地面移動，他經常說：「但願時光倒流到沒有漢人的時代，這個時候的人已忘了尊重老人。」

媽媽回到大哥那兒住，兩年來大哥照顧媽媽已厭煩到詛咒她老人家趕快回墓場。我去潛水射魚給媽媽，她說：「孩子，我的眼睛已瞎了，太陽是我的月亮，月亮是我的星星，而你們是我眼裡的影子。」

深夜，我記著媽媽的話回家。此時，獨居的父親哼著詞語模糊的古調，對於島上的老人而言，只能說時代變得太快了，此時此刻，耆老們的「生存智慧」來不及被下一代體驗而一個接一個的、無聲無息地帶走「智慧」進墓地。

翌日清晨，我騎機車準備上山砍柴，途中遇到夏本・永五生。

「叔叔，好！」我說，他點頭而且保持笑容。

「上車吧！叔叔。」他點頭而且保持笑容，深陷的雙眼是無神的也是無奈的，臉孔依然粗糙，只是感覺他已不太說話了。

「叔叔，好！」我又說，他點頭而且保持笑容。

「我在這兒下車。」他說，我點根菸給他，他卻用手掌拒絕。

「我是夏曼・藍波安。」我說。

「喔！」他說，他忘了我嗎？我想。

我看著他走進地瓜田，幾分鐘後在檳榔樹邊的陰涼處放下背包休息。我眞想走過去跟他談天，但我卻卡在他的點頭和他的笑容，他失去記憶了嗎？我心裡想。

記得去年他還滔滔不絕地敘述年輕時夜航船釣且令他這一生回味無窮的故事給我聽，他說：「有一年的飛魚季節，我捕了幾十尾的飛魚後，便划到離部落一海浬的外海獨自下海釣大魚，夜色非常地好，星空沒有一片雲，海面上的船隻因滿載而早早地搖槳回航，我獨自在外海享受被海浪漂流的感覺，享受月光。

「我一直唱歌讓水裡的大魚聽到我的歌聲，月亮逐漸往西移，我感覺到頑強的大魚就在船底的某處，我也嗅得出大魚就在船底的某處，我也嗅得出大魚的味道正逐漸逼近，我放一整條的飛魚，深度大約七、八噚（約十四、五公尺），我很有耐心地等，並且在外海突出於海面的獨立礁來回地划。過了一會兒，我的魚線有了動靜，魚線慢慢地從船內抽出來，被拉三、四公尺後，忽然在瞬間內被迅速地拉到海裡，令我措手不及。我想用手拉住，企圖讓魚線不被抽光，但那是不可能的事，因爲魚線被大魚瞬間猛拉會割裂我的手掌，於是把多餘的線纏繞在繫槳的木條，不用說，那眞是一尾超大的魚，船立刻被牠弄翻，之後翻覆於海面的木船依然被牠拉了一段距離。然而，我是沒有多餘的時間思考要如何挽回船隻，我唯一的工作就是游到獨立礁那兒保命與喘氣。我看得到，我的船時沉時浮，而船內的飛魚在海面隨著海流漂得無影無蹤，起伏不定的波浪紋面像粼光幻影。當船身浮出海面的時候，我鼓起力量游過去抓住，可是船又被拉到海裡。最後我用肉眼看看海裡探個究竟，月光的折射只讓我的肉眼看到一尾銀白色的大魚，我心裡想著，確定是大鯊魚後，我又游回獨立礁那兒休息，希望就這樣等到天亮。

「當時捕飛魚或夜釣的船隻天亮回航是稀鬆平常的事，男人皆諳潮水及天候的變化。我的船時浮時沉，然而浮出海面的時間愈來愈長，這顯示出鯊魚的體力正在減弱；其次，飛魚季節被他人救是一件非常不名譽的事，所以我再次地游到船邊，我摸著船邊往下再看個究竟，不用說，那是一條與我船身一樣大的鯊魚。月亮漸漸地往西移，也就是她消失路線的天空，遠遠地可以聽到部落的狗在汪汪叫，公雞拉長聲帶，這表示有人開始殺飛魚或到水源取水。

「當船隻再浮出海面時，我取出夾在繫槳縫裡的小刀切斷魚線，這樣鯊魚可以挽回牠的生命而我同時可保有名譽與船隻，我心有餘悸地再次上船，船內空無一物，連一片飛魚鱗也沒有。在大海裡，人的生命猶如漂流木般地沒價值，我慢慢地划回部落的港澳，部落的男人都出來看著海面，船上一條飛魚都沒有，但我從海平線划到部落時，我帶著我的謙虛回到家裡，只有妻子的眼神尊重我的疲憊，這是三十幾年前的往事。」

夏本・永五生告訴我這個故事，他去年經常重覆這個故事。

傍晚我回來，看到他坐在海邊，我走過去，想跟他聊一聊，我說：「叔叔，你好！」

他的表情像我早晨看到的一樣，他只有「喔！」的表示。

我說：「我是夏曼・藍波安。」他也只有「喔！」的表示。

他眞的失去記憶了嗎？他三歲大的孫子跑過來跟他說：「祖父，我們回家吧！」

孫子牽著他的手，他跟我揮手說：「再見！」我想他眞的忘了我。

我跟著他走回他的家，他的女兒說：「他只認識他的孫子，什麼人也不認識。」

我說：「他失去記憶了嗎？」

「也許吧！也許變白癡了吧！」他的女兒說。

孫子坐在他旁邊，摸著他粗糙的臉，夏本・永五生臉上的眼睛不移動地一直在看海。

我說：「願上帝保佑你！」

老人用眼睛目送我，我用腦袋回應他的故事，他很多很多的故事，對他而言，他已經沒有機會再向我敘述他的故事，我依稀記得他曾經說：「我死後希望你用漢字寫我的故事。」

我說：「我會的。」

其實，他粗糙的臉就是一本我的書。

——本文刊載於《人本教育》札記二〇〇〇年十月號

海洋大學生（達卡安）

他看著海回想三年以前的這個時候，
看著他的結業證書，
傷心地認為漢人學校制度的教育不適合他；
學校的老師，他的父親，
還有他的同學們都說他來這個世界太晚了，
他應該是在漢人沒有來到這個島嶼以前的人才對。

達卡安和應屆畢業的同學在舉行畢業典禮後從禮堂走出來。他是B班的同學，A、B兩班加起來的人數共計六十一位；對一般孩童而言，畢業是象徵開創另一個空間的里程碑，繼續邁向書香世界另一個層次，當然，迷惘、徬徨皆是大半的原住民學生在國中畢業後共通的特徵。

當達卡安步出禮堂的那一刻，他興奮的眼神浮現出另類的焦躁，他亢奮的情緒是因爲——他再也不用逃學了，換句話說，「逃學」自此是合理的事情了。在國小六年，他逃學的日子加起來至少有三年；而國中三年的時間，逃學的日子也有一年。他的同學馬洛，走到他身邊，帶著憂鬱的黑色眼眸、傷感的語氣跟他說：

「達卡安，從今以後，我們再也不用逃學了，再也不用在礁石的天然洞穴，等待那煩人的下課鐘與那張張皆是零分的考卷了。」

馬洛把手搭在達卡安的肩上，兩個人白色的上衣制服沾上許多許多大點的、小點的紫色，遠遠看來，他倆的衣服、褲子是最不協調的一套，如果要嚴格地說的話，「邋遢」是最好的形容詞。達卡安一手插在口袋，一手握著畢業證書圓筒，球鞋的後跟被腳後跟踩扁了，很顯然，他是不曾好好穿過球鞋，馬洛和他搭肩走著，走到陰涼的榕樹下，等待學校爲畢業生準備的最後中餐。

飛魚季節是溫暖的季節，南風輕輕地吹，在炎熱的六月天，陰涼處吹來涼涼的風。籃球場上是一群看不見太陽的學弟正在玩籃球，看得見太陽的學校老師撐傘走過，對正玩得熱烈的孩子們說：「太陽很大，去休息吧！」

「太陽很大，可是沒有很燙啊！」

馬洛說：「達卡安，我看看你的畢業證書，好不好？」

達卡安玩著一尺長的圓的證書，他是還沒打開看證書裡面的內容，還有他證書內的照片，他看看馬洛的表情，好像只是單純地想看看而已，便把證書圓筒丟給馬洛。

不到兩步路的時間，馬洛撕裂嘴巴地大聲狂笑「哈哈哈……」，說：「我們都是經常逃學在一起，可是你零分的考卷比我多很多，所以，你沒有畢業，只是結業證書而已，哈哈哈……只是結業證書。」

歡送畢業的午餐，在應屆畢業生的臉上逐漸綻放一股歡樂的氣氛。廣播的喇叭開啓，從播音室傳出來：「各位畢業的同學們，請到餐廳集合……」

馬洛的興奮是奮力地跑向餐廳，然而，達卡安把結業證書插在後邊的口袋，跑向他熟悉的逃學路線。正午的陽光，把他的影子縮到最小的程度，正燃燒著他對未來的迷惘。

他遠遠地聽到畢業同學集合的播音聲，這個聲音是他在校園內最後聽到的。逃學的路線是通往海邊小路，跨出校園是汪洋大海，是湛藍清澈的近海，近海的海域是點點的船舟正在返航的航道。學校，是他永遠的夢魘，尤其那張「結業證書」是宣告他不曾完整受過漢式教育的試煉的鐵證，結業之後，他開始尋找屬於他的「書本」，或他眞正的世界吧！

是藍色的微微的浪花吸引著達卡安的視覺，彷彿海浪有生命似的讓他忘記「結業證書」被羞辱的最終感受，心跳於是開始加速了，這是逃脫學校的束縛，是終結「零分」成績污名的起點，當然更是孕育自我教育的開始！

畢業兩年後，馬洛從台灣回來，那是飛魚漁季結束的初夏，也是達悟族開始捕捉一般底棲魚類的開始。達卡安從海裡上岸回家，恰好被馬洛瞧見，說：

「那麼厲害呀你，網袋塞滿了章魚。」

「沒有啦，是章魚自動闖進我的網袋的啦。」

「別一個人下海潛水，孩子。」夏曼・達卡安說。

達卡安知道父親的意思，但按不住被同學稱讚的驕傲表情，露出驕傲的笑容。他把網袋裡的章魚倒出來放在澡盆內，馬洛數一數，說：「四隻大章魚，你是怎麼抓的呢？」

「難道你耳朵聾嗎？牠們是自動闖進我的網袋的啦。」達卡安自信且驕傲的回道。馬洛似懂非懂地站在一旁專注地觀察同學的一舉一動，他知道自己也很會游泳，但要他自己一個人下海去潛水捉魚是會害怕的。然而，兩年後的達卡安煞是老手似的模樣，彼時，馬洛心中是羨慕，是佩服，也是嫉妒地說：「眞的是你一個人捉的嗎？」

「沒有啦，是章魚自動闖進我的網袋的啦。」達卡安嚼檳榔一臉不想回答地說。

馬洛以爲自己的成績從小學到國中一直比達卡安好的優越感，此刻好像在他們出社會之後要重新評估了。達卡安已不再主動地找話題跟他說話，只是靜靜地坐在地上望海嚼檳榔。夕陽是他熟悉的景色，小島在此時氣溫已下降到不令人感覺悶熱，他在想什麼呢？馬洛心裡想著。

自己的成績縱然比他好，但這種的「好」在他們畢業之後似乎不具有任何的意義，沒有升學就沒有比較的基礎，沒有比較的基礎就沒有孰優孰劣。顯然地，「畢業」與「結業」的象徵與實值的意義，在部落裡只是一張如廢紙般的價值，用在生火燒柴上。

「達卡安，我們喝酒，好不好？」馬洛找話題央求地說。

「不行啦，我晚上還有事情做，不能喝酒。」

「什麼事呢？」

「不能先講啦！」

「馬洛，進來吃章魚啊！」夏曼．達卡安笑著說。

「馬洛，你敢吃芋頭嗎？」達卡安笑著說。

「我吃章魚就可以啦！」馬洛表情靦腆地說。

「你在台灣做什麼事？」夏曼．達卡安又問。

「我在我哥哥的工地做小工。」

「達卡安在台灣做工做了三個月後就回來了，看他這個樣子賺不到錢，將來以後不知該如何生活，天天往海裡跑，把時間浪費在捉魚，卻不積極地賺錢找女朋友。」夏曼．達卡安數落兒子地說。

「我有女朋友啊！只是有一點點傻瓜的樣子，哈哈哈……」

「哈哈哈……」

「能生孩子就好呀，孩子。」夏曼．達卡安笑著接著說。

「你不怕有個更笨的孫子被人譏笑嗎？」

「怕什麼，有後代就好了。」

達卡安笑著吃芋頭走出去，然後回頭看著父親說：「海就是我的太太啊，爸爸。」

外海，很遠的海平線上有好多好多的燈火，馬洛和達卡安在外頭抽菸。夜已降臨，點點繁星在浩瀚的天宇放微光，月亮已經躲了好幾個夜晚。這個時候達卡安獨自地走向海邊，馬洛問著說：「朋友，你要去哪裡？」

「捉龍蝦賣啊！」

墨黑的夜，墨黑的海，一盞放光的燈在海裡開啓一個少年的雙眼，雙眼所看到的是孤獨裡累積自信的視窗的世界。也許達卡安在海底累積他的成績，希望得到部落族人認定的「畢業證書」吧！海風吹著馬洛的臉，浪濤聲不斷地灌進他的耳膜，墨黑的夜，墨黑的海，點點繁星在浩瀚的天宇正在干擾著他的思路，他在岸邊等著達卡安，顯然，他還未得到海神的「入學證明書」。

「什麼時候去台灣工作呢？啊，你，達卡安。」他的父親夏曼．達卡安看他天天往海裡射魚而感到有些不耐煩地說。

他看著海一面吃檳榔，有時候終究是會疲勞的，在飛魚季節後的十多天，他終於累了，累得像剛吃飽的、略帶善良面孔的祖母一樣，令人想去擁抱、親一親，他看著海不曉得在想什麼，只是感覺他的心情和祖母一樣。

「謝謝，剛剛我們吃的魚，孫子。」祖母一面吃檳榔一面看海說。

他回頭看祖母吃飽後的喜悅，好像要說些什麼似的，但又擱在舌尖，並瞄了父親一眼。當太陽下了海，就在他眼前，這個時候部落的人和往常一樣陸陸續續地來到他們家的涼台，涼台就在馬路邊，看海的時候就沒有任何障礙物；四面無壁的涼台坐上五、六個人，海是這個時候討論的重點，海裡的魚是語言溝通時交換生產經驗的主角，即便是婦女也很喜歡聽男人說這一類屬於男人的故事。

夏本．馬尼嫩一身粗皮黯黑，腰間與私處僅繫上一條雜色的布，上身全裸地把雙手交叉於腰後，從海邊慢慢地走來，四、五十步後停在吊滿了一排新鮮魚的曬魚木樁邊，仔細地欣賞以及好像在思考這些不同種類的魚，運用他過去在海裡潛水射魚的經驗想這些魚類在牠們棲息的海底世界。涼台上及地上的草地皆坐滿了前來看海的男人。

「過來吃檳榔啦，表哥，孩子潛水射的魚比起你以前射的魚的階級差太多了，那些次等魚有什麼好欣賞的呢？」夏曼．達卡安說。

一個沉著穩重謙虛的潛水夫猶如波波浪濤般堅毅的神情說：「人終究是要向年歲的增加、體能的下坡服從的。」

夏本・馬尼嫩看看達卡安不急不徐的回道，接著又說：「表弟，好，別這樣傷孩子的尊嚴，有誰像孩子這樣的潛水能力，與他年齡相仿的人呢？其次，我那個時代的魚很多而且也笨，現在的魚已經很少了而且也比以前聰明，就像孩子會開車，你不會開車的道理一樣啊！表弟。」

「哎呀，你不知道啦，達卡安不聰明啊！國中讀了三年沒有畢業呢！表哥。」夏曼・達卡安從中插嘴說。

「雖然沒有從國中學校畢業，但是他在海裡的國中已經畢業了啊！」

「對呀！他在海裡的國中已經畢業了啊，看他潛水射的魚的等級，已經是高中畢業的程度了，各位，你們說是不是？」有人插嘴回應的說。

「哈哈哈……」

「達卡安，你說是不是，你說看看國中的老師有哪一位是在海裡畢業的？」

達卡安坐在草地上靜靜地望著海，耳朵聽著複雜的聲音，嘴不停地嚼檳榔，他偶爾聽到被讚美會撕開嘴角微微地淺笑，彷彿波浪的起伏與他心臟的脈動正扣連相貼似的舒暢感覺。夕陽的餘暉弱了，天空的眼睛陸續而有規律地顯現在無垠天宇，天空的眼睛輸送睡意給他的祖母，祖母於是笑著說：「我的孫子，謝謝你，下午我們吃的魚，我要休息了。」

「祖母，路上好好地走。」達卡安說。

他看著海回想三年以前的這個時候，看著他的結業證書，傷心地認爲漢人學校制度的教育不適合他；學校的老師，他的父親，還有他的同學們都說他來這個世界太晚了，他應該是在漢人沒有來到這個島嶼以前的人才對。也許，時間會稀釋一切吧！那個時候沒有人曾對他的「結業」而非「畢業」觸動其內心深層的難過而給予一絲絲安慰的憤怒，如今就像沙灘的足跡已淹沒復淹沒，讓他逐漸淡忘了當時的屈辱，只是祖母曾經對他說：「孫子啊，別難過，我們都一樣看不懂漢字啊，不過我相信你能分辨男人魚與女人魚的，如果你會潛水抓魚的話。」想到這句話，彷彿只有祖母和海浪能了解他的心臟脈搏。

夜間，公路上往來的車燈比前些日子少很多，涼台上的人也逐漸地離去了，吵雜的音波回歸到夜間的寧靜，也留給達卡安說故事的空間與機會。夏本・馬尼嫩、夏曼・阿拉恩和他三個人在談天，都是喜歡潛水的男人，這是他喜歡的人且可以從談天過程獲得前輩們的經驗及一些潛水的知識。

「你們等我一會兒，我馬上就回來。」達卡安求兩位前輩，但說完時他的人已不見了。

「你怎麼會有錢買這些酒？」夏曼．阿拉恩問。

「用欠的啦，明天抓龍蝦還就可以了。」他說。

酒喝了一段時間，達卡安大半都在聽兩位前輩的話，且聽得很專心，畢竟，眼前兩位前輩的潛水射魚的成績，在他念陸地上的國中時皆目睹過。酒像海一樣，逐漸打開冰封在他內心的話，於是開始向兩位前輩敘述今天他在潛水射魚的故事：

「今天我去我叔父這幾個月來帶我潛水的地方，海流還算穩定，但是浮游生物豐富，就像我叔父說的，這樣的海況魚類很多，我於是不慌不忙地射我想射的魚，而且運氣都很好，不過我一個人在海底潛水射魚，看著海底很遠的地方的時候，本來很清楚的，後來就越來越暗，很暗的地方就像天氣不好的時候的暗暗的天空，會讓我害怕恐懼。」

「哈哈哈……」兩位前輩的笑聲令他亢奮，接著又說：

「當我潛下去查看我叔父的海底冰箱（洞穴）時，一條大的黑毛剛好就在我的魚槍頭，不用說我是高手啦！就像我叔父說的，不是自己很厲害而是那條魚想要結束牠的生命時，恰好被你碰上，只是這樣而已。」達卡安笑著舉酒杯敬兩位前輩。

「結業證書」是從小學開始到國中期間無數的考試累積無數的「零分」的證據，這個時候酒杯裡的故事業已把「零分」轉化為海底裡的生產知識。當他的同學都去台灣賺錢時，他選擇了海底為生產的場域。

他再次地舉酒杯敬兩位前輩，繼續他的故事：

「後來，我心情愉快地順著海流游，在我從海底要浮出海面換氣的時候，我看見一群一、兩百條的浪人鰺，在我眼前密密麻麻的銀白色的，有大的有小的，牠們好像是被訓練的軍人一樣，很有規矩地向左游或向右游，牠們的臉長得都一樣，看起來也是很善良的臉，算不清楚的眼睛都在看我，這是我第一次看到那麼多的魚，我很緊張。海流漸漸地把我推向牠們，我於是選擇好像是『高中生』的、不大也不小的為我的獵物，而且想碰運氣地一槍射兩條魚。

「魚槍的鐵杵瞬間射出去，結果眞的是射穿兩條『高中生』體型級的魚，我於是跟牠們在海裡拔河；牠們在掙扎脫逃，我用力地握緊槍柄，同時也在掙扎地要浮出海面換氣。也許我的槍做得不堅固，槍的線斷掉，兩條魚帶走我的鐵杵往外海游，我追著牠們，但我很緊張、呼吸又不順，所以潛不下去，況且牠們一直往很深很遠的地方游，我很害怕，那時候，我想到叔父跟我說的話：『跑掉的大魚是給祖靈，有一天祖靈會將祂們吃的魚還給你的。』

「最後，我帶著我緊張的呼吸慢慢地游回岸邊，然後我就說：『達卡安是我，希望你們認識我。』我如果有把那兩條魚抓回來的話，我想兩位叔叔的嘴唇一定油油的（象徵吃大魚的意思）。敬兩位叔叔，希望你們以後傳授經驗給我。」

「哈哈哈……」笑聲沉澱在達卡安微醉的腦海裡，也傳送到祖靈生活的另一個世界。達卡安用被單裹著漸漸茁壯的身軀往海邊走，天空的眼睛照著他的路，他靜靜地躺在潮水邊的鵝卵石上，宣洩的浪聲是他沉睡前大海爲他唱的歌。

——本文刊載於《人本教育》札記二〇〇〇年十一月號、二〇〇一年二月號

龍蝦王子（夏曼‧馬洛努斯）

他們的六個小孩坐在電視前專心看卡通，
他則睡在孩子們的旁邊。
他國三的大女兒知道要在十二點以後叫醒爸爸，
在滿潮之前叫醒爸爸準備上班。
海神早已習慣朋友孤獨一人在凌晨上班，
且早已頒給他博士的學位。

一九七〇年八月天，蘭嶼國中幾位熱心的台灣來的老師正在各個部落走訪，招收第二屆的國中生。早上老師們頂著酷熱的陽光走在部落的石頭路上，達悟人的傳統屋、涼台上傳來婦女吟唱忽起忽落的搖籃歌，嬰兒在搖籃裡被左右地擺動，婦女以生疏的中文說：「你們大家好！你們走路在我們的部落做什麼？」

「我們來找學生唸國中，你有小孩嗎？」

「有六條（六個人），可是還小小的。」

「有沒有親戚的孩子？」

「有啊！」

「在哪裡？」

「在山上，有的在海邊。」

熱心的老師們以擴音機放高聲音說：「願意唸國中的同學請跟我們走。」

老師們的熱心，並沒有因爲酷熱的陽光而退怯，他們一路上向海邊或向山林喊。

我那時候和我的先父在海上船釣，先父划向外海，我坐在船尾，我清晰地聽到：「願意唸國中的同學請跟我們走。」我看著海面，手拉著上鉤的魚，耳朵聽著請求我們唸國中的聲音，我的心如我們的船一樣，上下地漂蕩，左右地搖晃，我不定時地望著走在石子路上的台灣老師以及尾隨在後的其他部落的朋友們。

「願意唸國中的同學請跟我們走。」的聲音不斷地被重複，有時向海邊喊，有時向山上叫。我的心一直在跳動，眼睛一直看著深深的海，耳朵一直聽著引誘我們唸國中的話，但我更是一直沒有膽量向先父說出想要唸國中的念頭。

熾熱的陽光直射海面，海面折射的光令我雙眼瞇成一條線，感到十分地刺眼。先父於是說：「孩子，看看陸地會比較舒服。」

我看著陸地，並沒有很多顏色的衣服跟隨台灣來的老師，我知道，那個時候，我的同學不是上山就是跑海邊釣魚。我的心臟一直跳，也不時地聽到擴音機出來的聲音，我偶爾看著專心釣魚的先父的表情，看他的表情顯然完全聽不懂擴音機放出來的語言。然而，我是多麼地想跟他說：「我要去唸國中。」這件事。

「米拉搭鄧，安」①，我再次地遠望石子馬路時，早已看不到台灣來的國中老師了，山林與海邊又回復了原來的平靜。我斜眼地看著先父的表情，他用木瓢從海面舀一瓢海水灑在肩背上，讓發燙的皮膚降溫，沒多久，他把船划向近海的礁岸說道：「我要潛水抓章魚，你來划船。」

我要划向何處呢？我說在心裡，先前那一道從部落傳來的「唸國中」的聲音像是刺破我的耳膜，就要割裂我的心臟，我知道，我不去唸國中的話，我就像這條船一樣，前途茫茫，就像眼前的父親守著傳統卻被未來的台灣人瞧不起。

夜的來臨使我消除對父親的恐懼，我等著這一刻的到來，我划著先父的船跟在他旁邊，他抓到什麼東西，我完全不知道，就像他一樣完全不知道我在想什麼。

「Yama，我想去唸國中。」我說，當我們家人吃完晚餐的時侯。

「你去看看，我會打死你的。」先父不經思考瞬間暴怒說。剎那間，我像是被剝了殼的螃蟹，瑟縮在母親的身邊。

那一夜是我這一生最長的夜晚，是我最痛苦的晚上，我的淚水猶如泉水不停地流。爾後，我乖乖地聽著先父的話，天天和他上山做工、出海船釣，包括我的婚姻也是他所安排的。

夏曼．馬洛努斯坐在我身邊抱著他第七個小孩，向我敘述回憶著三十年前的往事。他無助的眼神望著漆黑的汪洋，涼台上的燈泡照明杯裡淡黑的保利達B，他一口倒進喉嚨，我感覺到涼台在搖晃，但抱在他胸前的小女兒並沒有感覺到冷風飄來時的寒意。

「我們不是不想唸國中，而是國中蓋在椰油部落的墳墓地，他們的魔鬼很兇，所以我們朗島部落的老人就阻止我們去椰油部落唸書。」他淺淺地叙述回憶過去的往事。我側面看著他，彷彿他以前的選擇——留在父母親身邊，沒有對與錯。

他繼續地說：「我們的前輩沒唸過外來人紙上寫的字，哪裡知道未來的社會會變得如此的快呢？哪裡知道讀外來人的書對我們有用呢？如今，我不小心生七個小孩，有時候，孩子們向我要錢，我就撥開他們的手掌放一條魚乾說：『這是爸爸給你們的零用錢。』

「我的父親，就是在台北遇見你那個時候，我第一次去台北做地下鐵路的時候去世的。你知道，我們那個時代來台灣唸書在我這個部落是被瞧不起的。唉！多麼希望太陽重新出來呀！」

他的兒子——馬洛努斯在台東農工唸書放寒假回來，在父親的面前說：「Yama，我肚子餓。」

夏曼・馬洛努斯移動位子，把小女兒抱進屋裡，客廳裡排上四張模板，模板上鋪上一張電冰箱的包裝紙，紙上或趴、或躺、或坐的六個小孩在看電視。希南・馬洛努斯從柴房端出兩鍋熱騰騰的魚湯，一鍋是男人魚，一鍋是女人魚，孩子們依性別自動地分成兩邊，熱騰騰的魚湯，蒸騰了孩子們的笑容，頓時，屋裡的歡笑聲隨著卡通片頑皮豹起落，此刻也擠出了朋友夏曼・馬洛努斯至少算是笑容的臉。他一一地爲孩子們平均分配魚肉，且吩咐說：「只有快樂吃飯的孩子，身體才會結實健康，爸爸才會喜歡。」

孩子們邊吃邊看卡通，好一個幸福的家庭，快樂的吃飯掩蓋了食物的匱乏，我心裡想，也讓我從內心裡深深地尊敬這位同年的朋友。

「兒子，幫爸爸唸以前爸爸沒唸的書。」馬洛努斯笑著吃父親潛水射的浪人鰺，我的朋友接著又說：「兒子，但不要吃現在爸爸吃的苦，爸爸只說一次，希望你明白。」

爾後，夏曼・馬洛努斯看著我舉杯說：「朋友，小學畢業的人，只能說出簡單的話教育孩子。」

「簡單的話卻深植在孩子們的心中，比陸地上的博士所說的話更有意義。你在海裡的經驗知識早已獲得全島族人的認同，海洋業已頒給你博士學位了。」我回答他說。

「兄弟，別諷刺我啦！」

朋友的大女兒走出來，站在我身邊溫柔地對她的父親說：「Yama，我國中的老師說，他要六斤的龍蝦明天帶回台灣。」

「喔，我知道。」朋友說。

他總是在夜間潛水上班抓龍蝦、墨魚、烏賊直到天亮，從他十八、九歲開始一直到現在。夜間的海是他的教室，波浪、潮流是他的老師，颱風天是他的假日，飛魚季節是他的暑假。

這一夜他帶著在台東唸書的兒子抓龍蝦，帶著他在海裡上課，賺飛機票、生活費。出發前，他跟兒子說：「別跟爸爸說，你會冷。」

馬洛努斯看著我，其羞澀的笑容是體認到家的貧窮，冷的另一面意義，也許是……。

我的機車騎在他們的後面，路途中的寒冷令我舒暢，馬洛努斯頻頻回頭看我，十六歲的他是需要被浪濤淬煉的。

在馬路的某處，我把車燈熄滅站著觀看朋友在他的教室教育兒子。冬夜的冷風掠過海面，兩道燈光在黑色的海裡逡巡龍蝦的鬚角，用龍蝦換金錢，用飽受海裡的冰冷，溫飽家裡的孩子。

兩道燈光在黑色的海裡沿著曲折的礁岸逡巡龍蝦的鬚角，當潛水手電耗掉電量時，朋友游回岸上換另一組的電池，然後再回到海裡，直到抓足龍蝦的斤數或者到天明。

「起來吧！已經快七點了。」希南．馬洛努斯②喚醒先生說。

「唉！還很想睡。」夏曼．馬洛努斯揉著不想睜開的雙眼，扭動幾下脖子地說。

「可是，你不起來龍蝦就賣不出去了呀！」他的妻子接著又說：「賣出去的話，再回來睡覺啊！」

孩子們坐在水泥地上看著臉盆裡的活龍蝦，媽媽叮嚀孩子們說：「不要玩龍蝦啊！死了沒人要買，爸爸的勞累就沒有代價了。」

「死的，我們就煮來吃啊！」老五跟正流著鼻涕的兩個妹妹說。

「好啊！好啊！哥哥。」老六張著快樂的嘴巴說。

「龍蝦好吃，還是蝦味先好吃？」夏曼．馬洛努斯洗完臉問孩子們說。

「蝦味先好吃。」小男孩老五立刻回答說。

「那你們就不要去動龍蝦。」夏曼．馬洛努斯說。

三個小孩於是圍在原來坐的模板上，夏曼．馬洛努斯平均分配魚肉給孩子們，兩個女兒吃著女人魚的鸚哥魚，男孩吃著石斑魚，而後一一地爲孩子們指去黏在上唇邊的鼻涕。孩子們吃著芋頭、吃著魚很高興地看著父親說：「一人一包蝦味先我們，好不好？」

「如果龍蝦賣出去的話，還會買可樂給你們，但要把魚吃完。」

夏曼．馬洛努斯坐在孩子們邊很快地吃兩個芋頭與少許的魚肉，喝了一大碗公的魚湯便匆匆地出去發動機車。

「帶個雨衣吧，冬天的雨很冷在路上。」妻子坐在涼台抱著幼子說，他騎著機車好像沒有聽見妻子說的話。

「爸爸，蝦味先、蝦味先，回來的時候。」孩子們在家的門外喊叫著。他一路上想著希望運氣好，能夠很快地賣出龍蝦，實現孩子們所需的蝦味先，這樣也可以讓他感到滿足，並且買一包米回家。

冬天的風，帶來冬天的雨，在路上騎車的時候，感覺總是很不舒服，那種不舒服的感覺，從長子出生前的十多年比今天更壞的日子不知有多少，只是爲了賣龍蝦掙一些錢養家。今天後悔以前沒有唸國中或是責怪父親沒讓自己唸書已於事無補，前幾年曾爲了家的生活去台灣工作，也不知道是什麼原因，總是無法在台灣做滿兩個月。

他好幾次問我說：「朋友，這幾年你天天下海潛水是爲了什麼？」我知道朋友想要從我這兒知道一些我內心什麼的想法。畢竟，在他部落裡的童年玩伴都可以在台灣待上一年或更長的時間好好地認眞賺錢，而他卻無法做到，他在責怪自己。

「爲何生那麼多的小孩，害自己如此地勞累？」我問。

「問題不在這兒呀，朋友。」他笑著看我。

「誰教你那麼那麼地愛海，爲何不離開她一、兩年，認眞地在外頭工作賺錢呢！」

我回道。

「想是想啦！可是一躺下來睡覺，腦海裡全是海裡龍蝦的鬚角，而我工作的地方又看不到海，令我非常痛苦。」

我知道，這種深層的感受很難說出所以然，當然也沒有正確答案，只是覺得體內活動的細胞在無人的深海裡能完全地不被干擾、自由自在、無限地快樂。也許朋友的感受，就像我們島上的老人所說的：「海洋不僅是在分配食物，同時也支配著我們的情緒；海不能平靜一個月以上，人天天下海抓魚，人會累，魚也會被獵捕得累；海不能生氣一個月以上，人會因吃不到魚而心情不好，魚也會想念牠們的玩伴。」

夏曼．馬洛努斯在一年三百六十五天裡，如果說可以下海潛水的日子是兩百天的話，他大概有一百九十天是泡在海裡的，也許是因爲這樣，讓他無法自在地長時間生活在沒有海的地方，也因爲如此，海淬煉他成爲沉默、謙虛、害羞的男人，也讓他覺得與童年的一些朋友坐在一起喝酒會有些自卑，因爲他沒有剩餘的錢買酒。

他安靜地坐在進入機場大門的牆壁旁，等著顧客自動上門來買龍蝦而羞怯地推銷。

他抽著菸等著熟悉的顧客經過，或是等著好奇的觀光客的眼神，或是請熟悉的老朋友幫他推銷。第一班飛機入境或出境的旅客沒買他的龍蝦的話，他便在第二班飛機再飛回來的空檔時間騎車到附近的部落去找漢人賣。

他的害羞並不是因爲天生性格的關係，而是他說一口「爛」中文，中文的四個音從他嘴裡說出來，就像波浪一樣地不規則，二、三、四聲的音總是分不清楚，只有「要不要買龍蝦。」「龍蝦要不要，先生。」是標準的，因此，在機場自己身邊若是站著一些不認識或是不太熟悉的族人的話，他是絕對不說「國語」的，唯恐被他們嘲笑。

夜間的海是他的教室，也是他上班的地方；白天的機場是他的市場，機場裡的外地人因而都認識他。今天，他像往常一樣地坐在大門邊的牆壁旁抽菸，等著熟悉的顧客買龍蝦，天氣很冷，但沒有下雨，也許，老人知道他是認眞生活的男人，十幾斤的龍蝦在第一班飛機還沒有降落前就全部被買走，於是很快地騎機車來我家。

「嗨！朋友好。」他說，我也說。

我倆見面總是分外地高興。過了十分鐘地閒聊，他言歸正傳地說：「兒子在台東唸我以前沒唸的書，他很可憐，沒有零用錢。」

「我如何幫你忙？」

「我要你幫我寫一些中國人的字。」

「要寄一些錢給兒子嗎？」我問。

「當然哪！誰叫你的朋友不會寫中國人的字。」他笑著看我說。

「哈哈哈……」我內人坐在一旁一邊洗山藥一邊笑著。

「朋友的太太，我說得是眞話，我的手只會抓龍蝦，就是不會握原子筆。」

「跟你的朋友相反，只會握原子筆，不會抓龍蝦。」

匯三千元給兒子後，他買了米、蝦味先及可樂，爾後再回我家休息一會兒並聊天。

「朋友的太太，你們今天有事嗎？」

「其實沒甚麼事，今天我們……」我孩子們的母親說。

「我是說，我家有幾片魚鱗，想請你們來共享。」

乾冷的風來自山頭，一路上小島在冬天的景色給人一種安詳略帶荒涼的感覺，我們有時平行騎車聊天，有時騎在朋友的後頭。夏曼・馬洛努斯，四十來歲的他雖然看去有些疲憊，有時也不太說話，他緊緊地抱住胸前用龍蝦換來的、從雜貨店買的東西，他的沉默寡言，他的疲憊源自於孩子們深邃的肚皮，來自於龍蝦愈漸稀少。

「Yama 回來了！Yama 回來了！」孩子們在涼台像是看見天使般的高興，又搶著說：「是我先看見爸爸的呢！」「是我先看見爸爸的呢！」

孩子們的高興一直燃燒到他們吃完蝦味先，喝完可樂，收到父親給每人二十元的零用錢，在父親的一句話：「你們帶走你們的吵鬧出去玩。」後，朋友的家才安靜下來輪到我們大人說話。

我們坐在涼台望海吃檳榔，不久朋友把幾片溫熱的魚鱗端出來，一尾七斤左右的鸚哥魚，一條約是六斤的石斑魚以及四隻龍蝦，配著芋頭吃。說話讓時間過得很快，米酒敲開我們內心的語言，海鮮溫飽我們的腸胃。朋友熱情的胸膛、渾厚的音量，在傍晚微醉地唱出男人在海上的歌，歌聲隨著風飄到江洋，兩個女人唱著女人在田園的歌，朋友的家，此刻分外地溫馨。

「朋友，我家的路很遠，捨不得離開，但還是要走。」

「小心騎。」朋友微醺地笑著說。

他們的六個小孩坐在電視前專心看卡通，他則睡在孩子們的旁邊。他國三的大女兒知道要在十二點以後叫醒爸爸，在滿潮之前叫醒爸爸準備上班。海神早已習慣朋友孤獨一人在凌晨上班，且早已頒給他博士的學位。

——本文刊載於《人本教育》札記二〇〇一年三、四月號

注釋：

①達悟語，過了一會兒。

②希南．馬洛努斯，是馬洛努斯的媽媽，夏曼．馬洛努斯的太太；達悟族人以「希南」稱為人母者，名字亦隨新一代的出生而改變。

三十年前的優等生（洛馬比克）

「你是教室裡的老師，
你是海裡的低能兒，
你是很爛的老師，你是……」
洛馬比克高亢的聲音說完後，
醉得像低能兒似的趴在水泥地上，
夢想三十年前的驕傲，
詛咒二十年前去世的父母，
但，終究是不承認自己是酒鬼。

他一拐一拐地走，走向太陽升起的方向，天剛亮的時候。馬路上的露水印上他的腳印，他邊走邊看著右手邊的海岸，這一帶的海域對他來說，就像他簡陋的破屋，再熟悉不過了，腦海裡所有最美好的回憶就刻畫在這曲曲彎彎約莫三公里的沿海礁岸。只是三十幾年的時間以後，海裡的魚類龍蝦早已稀少，而他業已不像十幾年前那樣健步如飛了。部落的人說：「他去那兒潛水射魚，專找像他一樣是殘障的魚，只有那種笨的魚才會被他射到。」這是嘲諷他。然而，我部落裡的人也都知道，洛馬比克每天一早潛水射魚是因爲他需要吃早餐，如章魚、墨魚、五爪貝等等，海是他名符其實的冰箱，也是唯一瞭解他的自卑的人。

洛馬比克已經升格爲祖父的或祖母的小學同學皆對他有無限的感慨與無限的同情，沒有一個人不會說：「他怎麼會落魄到這個樣子？」就連比他大二、三十歲，已七、八十歲的堂哥們也對他愛莫能助。

時光倒回三十幾年前。

洛馬比克的父親是我部落裡航海的能手，尤其是夜航到小蘭嶼捕飛魚，其觀測天候、星相，對潮水變化的敏感度是部落裡所公認的第一好手；不僅如此，其說故事的天分更是無人能出其右，故事雖然只是用口說，但聽衆聽起來腦海裡卻浮現出螢幕似的視覺感受。洛馬比克的父親經常說：「人在海上作業，用皮膚去感受氣候的變化，看月亮去辨別潮水的強勁。」島上的男人很多都受惠於他豐富的經驗口訓，因而獲得全島人的尊敬。

然而，他的獨生女——洛馬比克的姊姊，頑固的一定要嫁給一位長相算得上是醜的外省人後，他就不再如往日地那樣健談與開朗，且鮮少出現在公共場所了；他變得很沉默，不再口訴傳授他豐富的神話故事與他人分享了，說些笑話逗他笑似乎是對他最大的不敬，於是乎在每個夜晚經常獨自一人在涼台上望海哼著自創的歌：

稻米、麵粉來自遙遠的島嶼
遙遠的島嶼的東西
淹沒我水田裡的香芋頭
只要有一張一張的紙幣
香芋頭變成了豬的食物
台灣來的貨輪帶走我們的孩子

美麗的水芋梯田成了荒地
台灣來的貨輪帶來沒有靈魂的外地人
他們踩斷我的船槳
如浪濤宣洩那樣地自然

稻米、麵粉來自遙遠的島嶼
島上的人漸漸喜歡它
我的兒子也同樣地愛上它了
我是個無能的老人無法阻止
遙遠的島嶼的東西
進入我們祖先的島嶼
我是個無能的老人
任由外島人的相機捕捉我的靈魂

低沉的歌聲被海洋的風帶走，回音在山谷傳進部落裡老人的耳朵時，皆感同身受台灣來的任何東西，將深深地影響島上族人的未來，被同化只是早晚的事。

某年的六月某天，蘭嶼國小出現一群穿著筆挺的中山裝、軍服的漢人，一時間我們的學校熱鬧了起來，充斥著異族異味慶祝佳節的氣氛；很怪異的是，平日僅繫一條丁字褲的少數族人莫名其妙地變成我們的鄉民代表、鄉長、縣議員等，穿著筆挺的中山裝也出現在我們眼前的時候，就像校長在升旗典禮站在我們面前穿丁字褲時，就會讓我們想尿他一身似的快感，所有的事實發生在我們眼前是那樣地不協調。漢人的笑容是統治者驗收統治成果擠出來的，少數族人的笑容是莫名其妙地穿著筆挺的中山裝，充當熱鬧的笑柄。

「畢業典禮，開始……」我當司儀地抬高嗓門說。

「主席致詞，來賓致詞……」致詞者的演講籠罩在總統領導有方、校長治校有功以及儒家思想在蠻人的島嶼貫徹有了初步的成果等等。我望著學校前方正在海上釣鬼頭刀魚的族人，因爲我聽不懂那些人在說些什麼。洛馬比克則端坐在講台正前方，雙眼直盯著演講者，左胸前掛著「畢業生」的紅色標誌。

爾後校長煞是誠懇地邀請本族籍的鄉長、縣議員上台致詞，但他們說日語回絕說：

「不知道怎麼說你們中國人的話。」

會堂裡坐滿各機關首長的漢人用斜眼看著我們的長輩，而我卻從這句話驚醒過來，有某種程度的「自卑」，但他們回答的話是如此地自然。

「頒獎。」我順著大會的議程喊。

老師於是唱名叫道：「學業總成績第一名：洛馬比克，××獎第一名：洛馬比克，××獎第一名：洛馬比克，縣長獎：洛馬比克……」

所有最好的獎全落在洛馬比克一人身上，令我羨慕萬分。他的乖巧、能幹、聰明、一言一行宛如是出生於有教養的書香世家似的，既討人喜歡又令人順服於他的領導。他是學校老師們眼中全能完美的學生，做了六年的班長，也是我們學生眼裡認爲最有前途的人。

當我與兩位堂哥與有榮焉地幫他扛回獎品到他家時，他一句向我們誇耀自己如何如何的話都沒有，回到家跟他父親說：「這是學校給我的東西，明天我就不用去學校了。」

他的父親不知道那些獎品的意義，只說：「洛馬比克，晚上跟你哥哥划船去抓飛魚。」一句話。

過了幾天，一位外國神父帶著洛馬比克來到了他家，適逢飛魚捕撈結束的慶典，家裡於是來了很多的親戚與他父親交換禮物，建立友誼。

「你們好。」神父面帶笑容以流利的達悟語問候坐在涼台上的人。

「神父好。」衆人說。洛馬比克的父親知道神父的來意，是要他同意洛馬比克讓他帶到台灣去唸書。他知道，女兒嫁去台灣已經兩三年都沒有回來過一次，給他很大的痛苦，豈可又讓兒子離開自己呢？他沒有回答神父的話很久，只是坐在那兒心情沉重地假裝沒聽見神父的話。

「洛馬比克很聰明，去台灣唸書回來後就可以教書當老師了。」神父一番好意試圖說服老人。

洛馬比克安靜地坐在親戚們送來的禮物旁的靠背石，偶爾看著父親的表情，但雙眼多半在眺望海平線上既清晰又遙遠的恆春半島。神父的關心他瞭解，父親的愛心在其內心深處也明白，這兩個人都是他所敬愛的長輩；一個從遙遠的瑞士來到我們的島嶼奉獻他的愛，一個從很久的祖先起就承襲深愛自己下一代的老人，兩個人的關心同時付出在洛馬比克身上。

「我不許你帶走我的兒子。」

「洛馬比克很聰明，又討人喜歡，去台灣唸書回來後就可以教書當老師了，那時候你就可以天天有米飯吃，就不用天天吃小小的芋頭啊！」神父又一番好意地試圖說服老人。

「我已經老了，我的兒子去台灣唸書，誰幫我抓魚呢？」老人有些憤怒的又說：「我不許你帶走我的兒子。」

淡灰色的大片雲層遮住了海平線上綺麗的彩雲，神父的關心，在和煦的午後，留給洛馬比克的是越來越模糊的恆春半島，他迷惘的雙眸又無助的神情正期待著神父的安慰。

「我需要你幫我抓魚，況且台灣很多壞人呀！兒子。」老人頓時失去了其慣有的剛硬語氣說。

神父輕輕地在洛馬比克的耳邊說：「晚上我會爲你祈禱，明天再來說服你父親。」洛馬比克低著頭，彼時其坐的石頭早已濕透了。夜晚，他靠在父親置於海邊的船旁，向天空的眼睛敘述他的夢，恆春半島上鵝鑾鼻燈塔的炬光很有規律地掃射漆黑的天空。他挖了一個坑在船邊，用沙粒掩埋身子，他祈禱有個好夢，燈塔的炬光蒸騰他的夢，但也像浪濤開始在淹沒其足跡所留下第一名的榮耀，他的生命要向前走……。

「太陽是白天的海洋，月亮是晚上的陸地，他們自轉公轉的能量未曾衰退過，公平地照明地球表面的任何一角，輪流關心地球；白天和晚上無時無刻地不在看著人類每個時代的誕生與滅亡，滅亡復誕生；海洋看著我長大，陸地看著我死亡。風是無聲的搖籃歌，雨是老人的眼淚，天空的眼睛笑你有崇高的理想。

「如果你堅持非得去台灣讀書的話，就讓風帶走你的靈魂，永遠永遠。神父信仰的神和我們信仰的神不同，他的神會照顧你的靈魂嗎？我們的芋頭讓你的肌肉結實有力，台灣的米混濁你的血液。明天的太陽依舊在他經常破裂的地方出現，後天也是，下個月、明年、後年依然在那兒。今天台灣來的船很小，承載的人也少；明年來的船會變大，承載的人也變多；將來飛機來了，我們就數不清他們的臉了。我們的島嶼變成了他們排便的垃圾島。你去台灣讀書，將來你會變成衣服穿得很漂亮、到處排便的、自以爲是高尚的達悟人。如果那是你所要追求的，你就順著海洋的風走吧！如果你瞭解我說的語言，留下你的腳吧！

「孩子，你知道嗎？有很多的日本人來我們的島嶼找我，把我的話寫在紙張上，他們問什麼，我就說什麼。後來有一個日本人跟我說，我們的祖先來自於菲律賓，我聽了以後非常生氣，認爲他在羞辱我們的神、羞辱我們的祖先在這個小島上一切的努力，於是命令他不得再來我們的家。後來有人告訴我說：『日本人是來研究我們的習俗。』的時候，我就不再跟他們來往了。」

「現在是中國人住在我們的島嶼，你說這些給孩子聽，有什麼意義？」洛馬比克的媽媽說。

「我的意思就是這個呀！」

「什麼意思呢？」

「就是外邦人來我們的島嶼，沒有一個人不是壞人呀！都是來搶我們的土地呀！」

洛馬比克的媽媽陷入沉默，回憶過去。她知道，現在中國人強佔土地建軍營、鄉公所、衛生所、郵局等等，全是島上最好的耕作地，而自己家族的土地有一半就是被中國人搶走的，她只能眼睜睜地看著自己辛苦種植芋頭的田就這樣被奪走，變成後來侵略者的房子，自己的憤怒與抵抗，在中國軍人排列的步槍前，只能說以前的日本人比較善良。

「孩子，你去台灣讀書，後來會變成中國軍人，軍人的工作是殺人或被殺。你也別聽神父的話，說你將來會成爲老師，老師的工作是教我們的後代如何成爲中國人，如果這是你所期盼的話，就跟著你姊姊的路離開我們。」

月亮很亮的晚上，洛馬比克與他喜歡潛水射魚的姪兒們，在他家的院子喝酒、吃魚，當他有些微微的醉意時，回憶敘述過去三十年前，爲何沒去台灣讀書的往事。

「所以，你很後悔，很恨我們的祖父及祖母吧！叔叔。」他的姪兒董老師問。

「已經是過去的往事了，恨又有何用呢？老人家當時的觀念是——很怕漢人，不能怪罪他們。」

「可是我們的祖父及祖母去世的時候，你在台灣啊！」另一個姪兒問。

「我不在台灣，當時我在南太平洋跟船捕魚。」

「所以，你回來之後經常喝醉鬧事，揍雜貨店的老闆，打警察，變成另外一個人，是遠洋回來後的事吧？」

「就是那個時候開始，發現自己經常喝醉鬧事。」

「也許，你有些靈魂忘了回家，所以你有點不正常。哈哈哈……我是說，你喝醉的時候啦！」大姪兒消遣他說。

在這小島上月亮很亮的晚上，總是會讓人不知不覺就會囫圇喝下很多的酒。可是你不會懷疑台灣人開的雜貨店會缺酒或是不賣給你，就是你賒帳也沒關係。這個部落沒有幾家雜貨店，店內又排列你天天所要消費的東西，要逃是不可能的事。當你體內的酒蟲開始蠕動的時候，它就像銀行一樣，你會自動地移動你的腳，進入屋內逛一逛，彷彿在找尋什麼東西似的。其實，部落裡雜貨店的老闆就像你體內的酒蟲或是你的心理醫師一樣，早已了解透徹那個部落每一個人的消費習慣。

就像洛馬比克每次進去的時候，老闆娘立刻說：「米酒還是保利達？幾瓶？」或者說：「你要的東西，明天的船會幫你帶回來。」等等的。雜貨店給部落裡的人所有的便利，總的來說，就是給他自己累積更多的財富。

董老師從雜貨店又扛了一箱啤酒，並且有些醉意地說：「我會當老師，就是叔叔洛馬比克的一句話，才有今天的職業。」

「什麼話？」洛馬比克舌頭有點打結地說。

「就是我唸國中的時候，你曾經說：『抓魚沒有前途。』所以，我現在不會抓魚，我就以啤酒和你們的魚交換啊！而且又是親戚，算是回饋叔叔吧。」

「給他喝了吧！」

「對，洛馬比克叔叔，你雜貨店的帳我已付清了。」董老師接著又說。

「幹什麼要幫我付呢？明天我去抓龍蝦就有了啊！」

「龍蝦已經很少了，而且你已經不像以前那麼地機敏，被你抓的龍蝦也跟你一樣是酒鬼……」

「表弟，別這樣數落叔叔啦！給他喝了吧！畢竟，叔叔在我們唸小學的時候，是全蘭嶼最優秀的學生，我們這幾個晚輩皆以他爲榮啊！是不是？叔叔。」董老師心情愉快地說。

「表哥，你不住在這附近，你不十分瞭解叔叔的酒性。他每喝必醉，醉了之後，嘴裡說的全是三十年前第一名的驕傲往事，從晚上喊到天亮，每天；天亮以後就是三十年後每一天的清晨，孤伶伶嘸著第一酒鬼的污名入眠。我們這些堂表兄弟看在眼裡，心如刀割地痛啊！表哥。」

「誰像我以前那樣聰明，你們……」

「表哥，你看叔叔，現在開始發作了。」

「三十年前唸書第一名，三十年後也是第一名，喝酒醉第一名啦！叔叔。」

在這小島上月亮很亮的晚上，總是會讓人不知不覺就會囫圇喝下很多的酒。喝酒原來不是這個民族的習俗之一，有時你會認爲，或者是你對原住民的第一印象認爲——因爲他們的體力好，所以酒量比較好的結論。你也許是對的，但比較有知識的說法是：所有的強勢與弱勢民族接觸後，原住民部落社會的現象，是不能以「非此即彼」的主觀簡約論的。

董老師和他的堂表兄弟喝酒，他看著很醉的叔叔洛馬比克，心有感受地說：「人家經常說，在自己的家鄉教書是最好不過的事，既輕鬆錢又多，而且又可天天釣魚，有錢買房子買快艇，認爲我們很幸福。可是教了二十多年的書，每年都在重複教我們的孩子認識大陸，認識台灣，就是不認識我們自己，所以有很大的無力感、失落感。洛馬比克從最好掉落到最爛的人，在他們的班級，是因爲他聽了我們阿公的話。我從最爛的成績到現在當老師是因爲沒有聽爸爸的話。」

「你是教室裡的老師，你是海裡的低能兒，你是很爛的老師，你是……」洛馬比克高亢的聲音說完後，醉得像低能兒似的趴在水泥地上，夢想三十年前的驕傲，詛咒二十年前去世的父母，但，終究是不承認自己是酒鬼。

每天清晨，太陽尚未破裂前，洛馬比克手提著魚槍、蛙鏡、蛙鞋走向太陽升起的方向，射一些近海低能的魚兒。當部落的人遠遠地看到岩礁區的洞穴緩緩地冒出青煙時，那是因爲他正在煮早餐。當他手提著魚槍、蛙鏡、蛙鞋走向太陽下坡的方向——部落的時候，他的神情儀態宛如出生於有教養的家庭，你會很喜歡；當他沉默不語時，表示他已清醒了，給人的感覺很有智慧，很傳統的達悟人。

那天的清晨，他一如往常提著魚槍、蛙鏡、蛙鞋走向太陽升起的方向，射一些近海低能的魚兒，一直到中午岩礁區的洞穴沒有冒出青煙，部落裡的親戚因而武裝出動找他，以為他可能在海裡有所不測。

我與幾位堂兄表弟游了很長的距離，並沒有看見他靈魂的肉體，我們於是上岸走向他專用棲息的岩洞。赫然發現，他正躺在一塊三尺寬六尺長的模板上，正在看從我家偷走的一本書《白鯨記》。

「叔叔認識的漢字比我們多了。」堂哥看著我說。

——本文刊載於《人本教育》札記二〇〇一年五月號

祖父記得我

那天的夜晚是數不清的海底粼光銀片
和陸地上家人無心的嘲諷徹夜伴著我
「落淚潰敗的靈魂」嵌入我的心海，
令我深深地挫敗；
清晨就要開始，
夜色就要飄失之際，
祖父最小的弟弟託夢給我說：
「孫子，我在海裡有看到你和你的靈魂對海的執著。」

風平浪靜的時候，在潮間帶宣洩的微浪宛如祖母脫落光的牙齦，試圖用沉默傾吐智慧；也如母親的乳房是無私的，喜悅地讓襁褓裡的嬰兒盡情吸吮。

風平浪靜的時候，我潛入海裡不是爲了想要射很多的、很漂亮的魚給我很老的父母親吃，表示我的孝心，也不是爲了孝敬孩子們和他們的母親，更不是爲了建立我傳統的社會地位或者囤積我的謙虛。

冬天的平浪眞的是灰色的，陰陰的宛如祖父洩了氣的勞動生產的鬥志，顯示不出駭浪時其「天下無敵、豪邁蓋天」的非凡氣宇。從此地的礁岸到彼岸無垠的海平線，軟弱輕盈地律動。但她的節奏，給人的美感又如剛產後、初出門的、對新生命期望無限的婦人，有著難以言喻的灰色美感；其次，從另一個觀點，冬天灰色的平浪景致，在我眼裡，我只能形容她是「憂鬱的祖父」。

這些年以來，我通常以很平常的心去潛水，沒有什麼特別的「信仰」，很單純的生產行爲，就是到了海邊就「噗咚」地衝入海裡。而那些年的期間，我通常游的時間很長，也是很單純地只是爲了游泳而游泳。孩子們和他們的母親天天有新鮮魚吃，在冬天，好像是他們固有的、與生俱來的權利，好像達悟的男人生下來就應該有會捉魚的本能似的，而我以爲這也是天經地義的事，可是，孩子們的祖父母並不以爲如此，所以有時候媽媽會跟我說：「當了孩子們的父親之後，頭腦要有思考了。」

「什麼話嘛！」我說。

我拿起我自製的魚槍左看右瞧，用非常滿意的心觀賞，而眼前的庭院曬滿了許多許多的魚，這些就是這個槍的成績。媽媽在陰涼的涼台下用鵝卵石敲打她的檳榔，她解釋說：「用檳榔去除嘴裡的魚腥味，表示魚持續不斷地『拜訪』，從海裡來到家的庭院棲息。」

「何謂頭腦要有思考呢？」這樣的話，從母親的嘴裡不知說了幾遍，我的耳膜猶如不斷地被魚刺刺痛的感覺，很不是滋味；父親總是坐在一旁無言地望著汪洋的大海，煞是「咒語」的巫術法力尚未破除似的；在念小學的兒子把臉貼到我的耳根，形容說：「憂鬱的祖父，像冬天裡灰色的汪洋。」

「是嗎？」我回道。

孩子們的母親接嘴地說：「不是嗎？」

好幾年以前，兒子在台北出生，父親飛來台灣象徵性地爲他的孫子取達悟的名字，問我說：「很會潛水的人的孫子，好嗎？」

我被「漢化」的頭腦一時轉不過來地反駁父親說：「我不要這樣驕傲的名字。」

「不是你而是我。」父親回道。

「你父親的意思說：『我們都老了，我們的嘴裡沒有魚的味道。』」

「何謂嘴裡沒有魚的味道？」我回問孩子們的祖母。

「回到我們的島嶼定居時，你自然就會明白。」母親似有哲理地說。

好幾年以後的那個時候，我深深思考兒子說的：「憂鬱的祖父。」這一句話。孩子們的母親業已深入了部落裡族人的思維，問兒子說：「你怎麼知道祖父很憂鬱。」

「爸爸越來越會潛水射魚的時候，阿公的話就越來越少了啊！」

「笨哪！媽媽，妳。」大女兒說。

「哈哈哈……」

父母親已是八十來歲的老人了，母親的視力也弱了，她說：「你在我眼前是被風吹得飄來飄去的影子。」

「雲彩何時停止被風飄啊？」父親說。

我是他們老人家的獨子，當我們全家人從台北回蘭嶼定居的時候，父親的喜悅被海洋的脈動燃燒，拖著鬆垂的皮膚去潛水抓魚給我們吃（因我還不會抓魚），戰勝的驕傲微笑刀刻在父親深深的皺紋臉上，是我永永遠遠刀刻在腦紋的記憶。

「好可憐的『壯年』男人。」孩子們的母親諷刺我，又誇獎父親說。

「怎麼會有魚在我們的家？」我問。

「我買的啊！」家裡的女人臉色不友善地說

「還算『達悟男人』嗎？不會抓魚的壯年人。」母親話裡加了鹽地說。

兩個女人的話有時候像是永遠不會說「不」的雙面銳利的劍，又像是家裡的兩個雙刃銹蝕、鈍銼、用來驅除惡靈的匕首，芒刺在胸令人進退不得的痛苦感覺。

我望著冬季的灰色汪洋搥胸省思，「達悟的男人」和「挫敗的壯年人」究竟是什麼樣的價值標準？

孩子們的祖父母生在新石器時代，用他們的標準評斷我的存在價值是理所當的事。然而，孩子們的母親和我是生在戰後的核子時代，她卻把我丟在「新石器時代」的達悟男人應有的生產力。我被她們的語言擠壓在錯亂的「歷史時空」裡而無法撿拾一兩句片語詮釋自己存在的合理性與撫慰自己「逃避」被傳統勞動生產磨練努力的機會。孩子們的未來是追求貨幣生產的時代，父母親過去的歲月是追求初級物資的生產；孩子們的母親深入在父母親、部落過去的思維卻又陷在孩子們未來的幻想裡。從歷史經線不可變動的發展中，我被逼著要試著填補這兩個時代落差最大的、最親的人之知識生產與勞力生產的迫切需求。我的狀況就像擺盪的鞦韆開始在矛盾與衝突的迷惘深淵裡輾轉滾動。

「挫敗的壯年人」把被戳破的可憐心靈安置在很深很深的暗幽海底，接受心靈挫敗的淬煉。我開始像一個全島最沒有臉的達悟男人，在漆黑寒雨的冬夜夾著粗糙濫製的小魚槍，摸著夜路泡在我原來熟悉的礁岸；我試著把頭埋在海裡，試著把眼睛睜開，一個電筒像螺旋似的光圈，從清晰的範圍到模糊的焦距，再延伸到光源完全消失的墨黑的無垠海底。

「哇！不得了！」我說。

「挫敗的壯年人」在陸地上的勞動所流的汗或髒的衣服是保留「勤勞」、保留給他人看到自己「勤勞」，減少他人形容我「漢化」的污名證物。然而，在海裡我能證明什麼呢？男人本來就應該會抓魚才對！不論你利用白天或夜間的生產。難道我真的不是「人」嗎？我想。

在潛入海裡前，我把勇敢的時針醞釀調到最高頂點，並試圖停止觸動心中膽怯的秒針。海水涼涼的，很令我舒暢，從腳底到腰身、胸膛、頸部、最後是臉部，可看透這花花世界的眼睛，眼睛藉著玻璃製的水鏡，掃描好久沒拜訪的夜的海底。我開始移動雙腳的蛙鞋，同時也是由陸地的勞動到海裡的「達悟男人」該有的生產力兩者兼顧的轉移。眞的是在轉移，冰冷的舒暢移轉；勇敢的時針急速往下掉、膽怯的秒針往上噴射攀升。在那墨黑的無垠海底，只要我移動電筒燈光，千億粼光銀片似是規律又似是無章的、遠的近的、上的下的在漂浮。「天下至極的『夜景』。」我說。

不！我感覺彷彿所有的、大大小小的、男男女女的、老弱痼疾的惡靈像因好奇而游出來圍觀我的「邪惡之眼」。蛙鞋用力地拍，十億粼光銀片快速地貼近我。我開始冒冷汗，覺得「邪惡之眼」很不可思議也確實存在。於是抬起電筒照射陸地是否還存在，也是證明自己的存在，不照還好，一照亮依然是那樣深邃的漆黑，相同的又感覺老弱痼疾的惡靈全都在陸地一字排開地窺視我、嗅覺我的體味。我的恐懼到了最底，怎麼都是惡靈呢！啊……我恐懼的吶喊從海面噴射放音，慘叫了好幾回。我在海裡哭著，水鏡內是鼻涕與壯年男人不應該有的膽怯淚水。我爬上礁岸，竭盡所能在腦海擠出上帝的影子，但終究是幻想。

我說：「他媽的，還眞的有鬼。」

「上帝啊！敲開我的心臟讓撒旦衝出來。」我邊哭邊取掉水鏡、捏鼻涕地說。上帝可能沒聽到我的禱詞，但確定那些惡靈有聽到，並且在嘲諷我。我跌跌撞撞地走在鵝卵石上，不粗糙的腳掌在疼痛，是脫離土地勞動的代價，加上好久沒聽到的貓頭鷹、鳥鳴的怪叫聲，我眞他媽的怕到極點了。

「啊……」我破膽地嚎叫。

一路上小腳墊步地跑，希望能很快地回到家，整合那些失散遁逃的膽怯靈魂。但是越跑身邊的雜音就越吵雜，我不時地往後看是否眞有「惡靈」跟我一起跑。我知道，這是心理在作祟；然而，那支勇敢的時針早已消失，只剩秒針不時地撥動我的恐懼，削弱我試圖挽回身爲「達悟男人」的氣概。可悲的是「潰敗的壯年人」得不到孩子們和他們母親的安慰。

「爸爸被魔鬼打敗。」孩子們說。

「抓不到魚的壯年人。」孩子們的母親說。

那天的夜晚是數不清的海底粼光銀片和陸地上家人無心的嘲諷徹夜伴著我「落淚潰敗的靈魂」嵌入我的心海，令我深深地挫敗；清晨就要開始，夜色就要飄失之際，祖父最小的弟弟託夢給我說：「孫子，我在海裡有看到你和你的靈魂對海的執著。」

樹靈與耆老

好多好多的話我聽不明白，
我仔細地看著長輩們砍樹的神情，
揮斧的同時，他們長年勞動肌肉呈現的線條，
如刀痕般明顯。
樹一如他們所願地倒向較平的地面，
自始至終我都沒有揮斧，
因為他們說我還不會握斧頭，
用老人的語言說：「樹的靈魂瞧不起你。」

十多年以前，已是三十又幾的我，從台灣回到祖先留給我們的島嶼定居。起初，看到部落裡一堆老人坐在堤防上觀海，感到深深地疑惑，認爲「海」有什麼好看？島嶼上的族人早晨起來的第一眼就是看海，晚上睡覺前的最後一眼也是在看海，這一生他們還看得不夠嗎？我想。

我的腦海就像颱風來臨前正在被攪拌混濁的海底沙丘，也如井蛙般的思維，朦朧在狹隘空間而不得其解。當時我退化的肌肉與追求似是浪漫的頹廢性格，全身流動的細胞漆上藍色海洋的憂鬱；這其實是給自己戴上似是愛海的假面具。

父親決定再造十人拼板大船

回家的第一年，我經常坐在七十來歲的父親以及正在等待夕陽落海後搖槳夜航捕魚的族人後邊，沙礫上所有男人的肉體貼在自製的船舟邊，眼神動也不動地看著一波又一波的浪宣洩在船前。

我逐漸意識到，部落裡「原始」的族人以及自製的船舟，還有眼前的海是如此地貼近，自以爲是浪漫的頹廢性格，看到眼前眞實的情景，感覺我的存在不如船內的任何一塊木板。

我斜眼注視父親的胳膊、二頭肌，以及老人家們長年航海時雙眼所散發對海洋的謙卑，除了萌生敬意外，我偷偷地掐住自己軟綿綿的手臂，自慚形穢的感覺立刻結實地雕刻在我一直吸吮漢人奶水的胸膛裡。

從我們的祖先就一直流傳的話說：「沒有船的男人是次等的男人，是廢物。」

一九九〇年的十月，在我返鄉定居的半年後，父親三兄弟和他們的堂兄表弟，決定再次建造十人拼板大船，同時也給我們幾位受過漢人教育的堂兄表弟學習的機會。父親們在沒有上山砍造舟的第一棵樹之前，他們默默地在自己的水芋田、旱田裡努力工作，媽媽們也照平常工作的節奏，做著自己份內的勞務。

我了解父親們所要造的是普通的沒有雕飾的船，只是，造船是爲了招飛魚祭典、捕魚用的。當他們自己份內的工作告一段落後，情緒就歸於零的平靜，平靜是因爲他們老了，體力衰退了，同時要在孩子們的面前印證歲月留下的痕跡，經驗知識是源自於自然界。

在上山砍造舟的樹的前些天，父親們選擇吉日聚集聊天、交換意見，我在一旁聽著他們的故事。幾位堂表兄弟聚在一起談天，他們回憶著過去美好的歲月，回憶祖父們在世時的航海事跡。

兄弟們如樹般的對話

談天的過程中，夜色提供我幻想的無限場景，故事的內容不在於精采與否，而是我直到三十幾歲後才初次體驗到：父親們說故事時，竟可以把海洋善良的一面，形容成彷彿就是身邊慈祥的祖母；形容到海洋的恐怖時，卻會令我就要把心臟吐出口來，好像自己躺在二、三十公尺高且就要暴裂的巨浪下，但又有很舒服的感覺。

當夜航捕魚經驗誤判氣象，天空突然被厚厚黑黑、似乎比我們的島嶼還大的烏雲遮蓋時，船裡的每一片木板就像「上帝」一樣神聖，如同是自己的骨肉似的。彼時，我感受到我達悟族的語言，從老人家的口中說出來描述周遭環境時，宛如祖母比年輕時的奧黛麗赫本來得美麗優雅，我感到無限地說不出舌尖的喜悅。

談笑之後，月光已在海面鋪上一層銀光，嬸嬸灶內燃燒木柴，柴光照著我們所有人的半邊臉，木柴的光如灌溉芋田的水渠，灌入父親們溫熱的胸膛。老樹葉片的掉落總是有先後的，大伯清清喉嚨的聲道說：「我所尊敬的弟弟們，如果我是一棵樹的話，我是長在背光面、陰涼山谷的樹；如果我的靈魂是人類的話，我是聽命於女人餵豬的男人；我之所以先於你們說話，只不過是比你們先看到祖父的臉；我老到已經走不到鄰居的涼台休息看海，我船長的工作只是陪你們說話，因爲我的太陽已經接近海平面了。」

「我是你的大弟，當我們的哥哥——你，年輕力壯的時候，迎風面海，陡峭險峻的碎石路，你走了無數次。讚美兄弟太多是最大的禁忌，不回應你的話是不尊敬你，你就把我的話休息在你的內心深處，然後讓你成爲最不驕傲的人。」父親如第二片落葉回應大伯的話說。

「我尊敬的哥哥們、弟弟們，我們心裡始終不得安寧，家族沒有大船來尊敬海洋，畢竟我們不是殘廢的人。只是擔心我們皆已爲人祖父，體力加速衰退如燕子般的隨風飄，祈願恢復到年輕時的熱情，回到海上享受同舟航海的樂趣。我如此說，是因爲了解大哥的心仍在海上。」堂叔像夜色般的寧靜淺述內心的感觸。

在樹林中學習族人的智慧

這是我回家時的第一堂課，我的思路漸漸地被父親們的沉靜慈祥、富有詩意智慧的語言吸引。東邊灶裡的柴光如月光漸漸往下移，模糊了大伯慈祥的面容。我沉醉在父親們過去航海捕魚的隧道裡，同時不停地掐住我軟綿綿的手臂，樹靈明瞭我的自卑，當我和父親們上山砍樹的時候，那兒是我眞正的教室與教堂。

深山裡的羊腸小徑有股別於部落的空氣，茂密的亞熱帶叢林長得不高，也不很俊美，主幹的表皮層刻畫著許多不同的圖案，圖案的意義是——這棵樹是屬於某人的財產，別人就不可盜伐。

叔父說：「每個家族、每個男人都有自己的圖案，從樹小棵的時候就要照顧它。男孩從小就要自我訓練，訓練上山認識樹種，認識建屋造船的樹，樹被你照顧得好，它便會長得很結實來回報你。建材的樹就像女人芋田裡的芋頭，必須虛心照料，它們是有靈魂的。」

叔父一路上教我認識樹，告訴我樹名，解說這兒的惡靈很兇，那兒的惡靈很壞，我氣喘如牛地問叔父說：「山裡也有惡靈嗎？」

「惡靈無所不在，但也有善良的鬼，經常上山就是要讓好心的鬼認識自己。」接著又說：「上山來探望樹園時，要很虔誠地說：『我是你靈魂的朋友，特別來看你。』」

走在前頭的父親停下腳步，注視著山腰中的一棵樹，我們也都停了下來，過一會兒說：「這棵樹眞美，某某人眞幸福有這棵樹。」

「但願那個人造船的技術有進步，否則這棵樹就沒有價值。」堂叔似是有些感嘆地說。

「他的樹園一直是如此地乾淨，就是不曾造出一艘漂亮的船。」叔父笑著說。

「是啊！有何辦法呢？枉費這些樹爲他長得那樣好，他的樹的命運還眞不好。」父親走在前頭笑著說，不曾爬山的我，走到山頂時已是滿臉通紅，心臟快速地蹦蹦跳。

「眞可憐，在台灣讀過漢人的書的孩子。」堂叔開我玩笑地說。

尊敬樹是島人應有的習俗

當時我雖然聽得懂我們的語言，卻不明白其意思，父親們慣用被動語態，以魚類、樹名等自然生態物種之習性表達他們的意思。所有魚類的習性、樹的特質、不同潮流等的象徵意義，我完全不懂。深山裡清新的空氣吸來很舒暢，但我卻像個白癡。

父親除掉番龍眼樹四周的雜草，口中說些山靈樹神聽得懂的話。爾後，叔父注視著樹根，手握著斧柄說：「但願你心地善良，我們全是一群沒有利用價值的老人了，希望你順著我們的心倒向爲你整理的地面，好讓我們節省體力，也讓你很快地躺在我們家的庭院，從很久很久以前的祖先，我們皆是如此地虔誠，不曾變節。」

「願你早一點倒下來，你躺在沙灘放眼汪洋，比你站在深山裡等待腐爛更有價值。我們山裡的祖靈，你們聽見後就來幫忙，你們的孫子將有吃不完的豬肉。」

「你是我們在汪洋航海、在通往小蘭嶼的航道的最佳夥伴，從很久很久以前的祖先起就是如此尊敬你，沒有任何東西比你美，當你聳立在我們的海邊的時候。」堂哥在一旁解釋給我聽。

「樹眞的有靈魂嗎？」我問堂哥。

「以後你造船的話，你會深深體會到今天長輩們所說的話。」

好多好多的話我聽不明白，我仔細地看著長輩們砍樹的神情，揮斧的同時，他們長年勞動肌肉呈現的線條，如刀痕般明顯。樹一如他們所願地倒向較平的地面，自始至終我都沒有揮斧，因爲他們說我還不會握斧頭，用老人的語言說：「樹的靈魂瞧不起你。」

造船的第一棵龍骨雛形做好之後，長輩們同聲說：「願你的底部像是抹了油似的直航到海平線，讓你快一點在我們家的院子休息，接受祝福。」

他們總共砍了三十幾棵八種不同的樹，四個多月後完成。父親說：「人需要樹木造船、捕魚，在大海中人與船是一體的，樹就像人一樣有靈魂，凡有靈魂者就是有生命的，尊敬樹是我們這些住在小島上的人應有的習俗。」

當我和這幾位我尊敬的長輩，坐在參與勞動的大船夜航捕飛魚時，樹削成為船板宛如是「天堂」的大門，我坐在船內彷彿是上帝的朋友。

樹靈承載著老人的尊榮

三、四年後，被海洋磨練出的謙虛漸漸浮現在我的臉上，我和三位八十多歲的耆老在夕陽餘暉之際，坐在堤防上看著八十一歲的表叔夜航捕飛魚。表叔經常跟我說：「船板破損得不能出海後，我就會選擇死亡的時間，我山裡的樹就送給你造船用。」

我部落裡超過七十歲的耆老已經不到十位，但八十歲以上的還有四位。能活到這個歲數，其實沒有什麼值得歌頌的，我們的族人說，他們的靈魂仍遊戲於人間，總是忘記「回家」的路，在夕陽來臨的時候。

所以在我們的島嶼，耆老們的一生就像平靜的汪洋大海一樣，在一般人透視不到的海底世界，實踐他們敬畏自然界神靈的信仰，又從自然界的物種體認到尊重自己生命的眞諦。我的耳朵經常聽他們說這樣的話：「我在選擇我的死亡季節。」什麼樣的季節、什麼樣的氣候、日子、時辰死亡，他們的靈魂很快就被歸類爲善靈與惡靈。

究竟是何種因素讓耆老們選擇死亡季節呢？如果我也有他們那股勇氣決定自己死亡的季節、時辰的話，就不會幻想要上天堂或恐懼下地獄。當我想到這西方宗教在部落散播善與惡的觀念時，我開始注意了耆老們日常的言行。

三位八十來歲的老人，在每年飛魚季節期間的黃昏，皆不約而同地坐在沙灘邊的防波堤上，看著海平線上每一天的夕陽，欣賞排列在沙灘上即將出海捕魚的船隻。夕陽斜照海平線，「八十多年來的日子，未曾出現過相同的景色。」他們說。

從海平線推來的浪，他們不曾厭倦地觀賞，看來好像只是一波又一波的、被西南季風吹到岸邊的浪而已，然而，每一波浪的起與落皆串成他們無限的記憶。

三位八十多歲的耆老，唱著古老的歌送給剛出海的表叔，歌聲透過波浪傳進老人的胸膛，樹靈承載著他的執著與尊榮，舉行最後一趟夜航的儀式。

——本文刊載於《經典》雜誌二〇〇一年五月號

叢書總目錄

郵撥九折，帳號：17623526聯合文學出版社有限公司
《聯合文學》雜誌訂戶八五折。掛號每件另加20元
本書目所列定價如與版權頁有異，以各書版權頁定價為準

A001	人生歌王	王禎和著	140元
A002	刺繡的歌謠	鄭愁予著	100元
A003	開放的耳語	瘂弦主編	110元
A004	沈從文自傳	沈從文著	180元
A005	夏志清文學評論集	夏志清著	130元
A006	如何測量水溝的寬度	瘂弦主編	130元
A010	烟花印象	袁則難著	110元
A011	呼蘭河傳	蕭　紅著	180元
A012	曼娜舞蹈教室	黃　凡著	110元
A015	因風飛過薔薇	潘雨桐著	130元
A017	春秋茶室	吳錦發著	180元
A018	文學・政治・知識分子	邵玉銘著	100元
A019	並不很久以前	張　讓著	140元
A020	書和影	王文興著	130元
A021	憐蛾不點燈	許台英著	100元
A022	傅雷家書	傅　雷著	220元
A023	茱萸集	汪曾祺著	260元
A024	今生緣	袁瓊瓊著	300元
A025	陰陽大裂變	蘇曉康著	140元
A028	追尋	高大鵬著	130元
A029	高行健短篇小說集	高行健著	260元
A031	獵	張寧靜著	120元
A032	指點天涯	施叔青著	120元
A033	昨夜星辰	潘雨桐著	130元
A034	脫軌	李若男著	120元
A035	她們在多年以後的夜裡相遇	管　設著	120元
A036	掌上小札	蘇偉貞等著	100元
A037	工作外的觸覺	孫運璿等著	140元
A038	沒卵頭家	王湘琦著	140元
A039	喜福會	譚恩美著	160元
A041	變心的故事	陳曉林等著	110元
A043	影子與高跟鞋	黃秋芳著	120元
A044	不夜城市手記	蔡詩萍著	180元
A045	紅色印象	林　翎著	120元
A046	世人只有一隻眼	淩　拂著	120元
A048	高砂百合	林燿德著	180元
A049	我要去當國王	履　彊著	120元
A050	黑夜裡不斷抽長的犬齒	梁寒衣著	120元
A051	鬼的狂歡	邱妙津著	150元
A052	如花初綻的容顏	張啟疆著	100元
A053	鼠咀集——世紀末在美國	喬志高著	250元
A054	心情兩紀年	阿　盛著	140元
A055	海東青	李永平著	500元
A056	三十男人手記	蔡詩萍著	180元
A057	京都會館內褲失竊事件	朱　衣著	120元
A058	我愛張愛玲	林裕翼著	120元
A059	袋鼠男人	李　黎著	140元
A060	紅顏	楊　照著	120元

A062	教授的底牌	鄭明娳著	130元
A068	少年大頭春的生活週記	大頭春著	120元
A069	我們在這裡分手	吳　鳴著	130元
A070	家鄉的女人	梅　新著	110元
A072	紅字團	駱以軍著	180元
A073	秋天的婚禮	師瓊瑜著	120元
A074	大東拚	王禎和著	150元
A075	原稿紙	小　魚著	200元
A076	迷宮零件	林燿德著	130元
A077	紅塵裡的黑尊	陳　衡著	140元
A078	高陽小說研究	張寶琴主編	120元
A079	森林	蓬　草著	140元
A080	我妹妹	大頭春著	130元
A081	小說、小說家和他的太太	張啟疆著	140元
A082	維多利亞俱樂部	施叔青著	130元
A083	兒女們	履　彊著	140元
A084	典範的追求	陳芳明著	250元
A085	浮世書簡	李　黎著	200元
A086	暗巷迷夜	楊　照著	180元
A087	往事追憶錄	楊　照著	180元
A088	星星的末裔	楊　照著	150元
A089	無可原諒的告白	裴在美著	140元
A090	唐吉訶德與老和尚	粟　耘著	140元
A091	佛佑茶腹鳾	粟　耘著	160元
A092	春風有情	履　彊著	130元
A093	沒人寫信給上校	張大春著	250元
A094	舊金山下雨了	王文華著	220元
A095	公主徹夜未眠	成英姝著	160元
A096	地上歲月	陳　列著	180元
A097	地藏菩薩本願寺	東　年著	120元
A098	四十年來中國文學	邵玉銘等編	500元
A099	群山淡景	石黑一雄著	140元
A100	性別越界	張小虹著	180元
A101	行道天涯	平　路著	180元
A102	花叢腹語	蔡珠兒著	180元
A103	簡單的地址	黃寶蓮著	160元
A104	在海德堡墜入情網	龍應台著	180元
A105	文化採光	黃光男著	160元
A106	文學的原像	楊　照著	180元
A107	日本電影風貌	舒　明著	300元
A109	夢書	蘇偉貞著	160元
A110	大東區	林燿德著	180元
A111	男人背叛	苦　苓著	160元
A112	呂赫若小說全集	呂赫若著	500元
A113	去年冬天	東　年著	150元
A114	寂寞的群眾	邱妙津著	150元
A115	傲慢與偏見	蕭　蔓著	170元
A116	頑皮家族	張貴興著	160元
A117	安卓珍尼	董啟章著	180元
A118	我是這樣說的	東　年著	150元
A119	撒謊的信徒	張大春著	230元
A120	蒙馬特遺書	邱妙津著	180元

A121	飲食男	盧非易著	180元
A122	迷路的詩	楊　照著	200元
A123	小五的時代	張國立著	180元
A124	夜間飛行	劉叔慧著	170元
A125	危樓夜讀	陳芳明著	250元
A126	野孩子	大頭春著	180元
A127	晴天筆記	李　黎著	180元
A128	自戀女人	張小虹著	180元
A129	慾望新地圖	張小虹著	280元
A130	姐妹書	蔡素芬著	180元
A131	旅行的雲	林文義著	180元
A132	康特的難題	翟若適著	250元
A133	散步到他方	賴香吟著	150元
A134	舊時相識	黃光男著	150元
A135	島嶼獨白	蔣　勳著	180元
A136	鋼鐵蝴蝶	林燿德著	250元
A137	導盲者	張啟疆著	160元
A138	老天使俱樂部	顏忠賢著	190元
A139	冷海情深	夏曼・藍波安著	180元
A140	人類不宜飛行	成英姝著	180元
A141	夜夜要喝長島冰茶的女人	朱國珍著	180元
A142	地圖集	董啟章著	180元
A143	更衣室的女人	章　緣著	200元
A144	私人放映室	成英姝著	180元
A145	燦爛的星空	馬　森著	300元
A146	呂赫若作品研究	陳映真等著	300元
A147	Café Monday	楊　照著	180元
A148	我的靈魂感到巨大的餓	陳玉慧著	180元
A149	誰是老大？	靡　德著	199元
A150	履歷表	梅　新著	150元
A151	在山上演奏的星子們	林裕翼著	180元
A152	失蹤的太平洋三號	東　年著	240元
A153	百齡箋	平　路著	180元
A154	紅塵五注	平　路著	180元
A155	女人權力	平　路著	180元
A156	愛情女人	平　路著	180元
A157	小說稗類 卷一	張大春著	180元
A158	台灣查甫人	王浩威著	180元
A159	黃凡小說精選集	黃　凡著	280元
A160	好女孩不做	成英姝著	180元
A161	古典與現代女性的闡釋	孫康宜著	220元
A162	夢與灰燼	楊　照著	200元
A163	洗	郝譽翔著	200元
A164	朱鴒漫遊仙境	李永平著	380元
A165	兩地相思	王禎和著	180元
A166	再會福爾摩莎	東　年著	160元
A167	男回歸線	蔡詩萍著	180元
A168	文學評論百問	彭瑞金著	240元
A169	本事	張大春著	200元
A170	初雪	李　黎著	200元
A171	風中蘆葦	陳芳明著	200元
A172	夢的終點	陳芳明著	200元

A173	時間長巷	陳芳明著	200元
A174	掌中地圖	陳芳明著	200元
A175	傳奇莫言	莫　言著	200元
A176	巫婆の七味湯	平　路著	200元
A177	我乾杯，你隨意	蕭　蔓著	180元
A178	縱橫天下	舒國治等著	150元
A179	長空萬里	黃光男著	180元
A180	找不到家的街角	徐世怡著	200元
A181	單人旅行	蘇偉貞著	200元
A182	普希金祕密日記	亞歷山大．普希金著	250元
A183	喇嘛殺人	林照真著	300元
A184	紅嬰仔	簡　媜著	250元
A185	寂寞的遊戲	袁哲生著	180元
A186	歡喜讚歎	蔣　勳著	240元
A187	新傳說	蔣　勳著	200元
A188	惡魔的女兒	陳　雪著	200元
A189	與荒野相遇	凌　拂著	220元
A190	爽	李爽．阿城合著	260元
A191	大規模的沉默	唐　捐著	200元
A192	尋人啟事	張大春著	240元
A193	海事	陳淑瑤著	180元
A194	一言難盡	喬志高編著	260元
A195	女流之輩	成英姝著	200元
A196	第三個舞者	駱以軍著	280元
A197	放生	黃春明著	220元
A198	布巴奇計謀	翟若適著	280元
A199	曼那欽的種	翟若適著	280元
A200	NO	翟若適著	280元
A201	少年軍人紀事	履　彊著	200元
A202	新中年物語	履　彊著	200元
A203	非常的日常	林燿德著	200元
A204	鏡城地形圖	戴錦華著	240元
A205	愛的饗宴	東　年著	160元
A206	祝福	蔣　勳著	180元
A207	眼前即是如畫的江山	蔣　勳著	180元
A208	情不自禁	蔣　勳著	220元
A209	寫給 Ly's M-1999	蔣　勳著	180元
A210	兵俑之戀	朱　夜著	180元
A211	手記描寫一種情色	林文義著	180元
A212	逆旅	郝譽翔著	180元
A213	大水之夜	章　緣著	200元
A214	知識分子	龔鵬程著	240元
A215	雨中的法西斯刑場	鍾　喬著	200元
A216	浮生逆旅	吳　鳴著	200元
A217	夾縫中的族群建構	孫大川著	200元
A218	山海世界	孫大川著	240元
A219	北歸南回	段彩華著	280元
A220	小說稗類 卷二	張大春著	180元
A221	凝脂溫泉	平　路著	200元
A222	女性觀照下的男性	李仕芬著	280元
A223	你給我天堂，也給我地獄	蔡詩萍著	220元
A224	秀才的手錶	袁哲生著	200元

聯合文叢 286

海浪的記憶

作　　者／夏曼・藍波安
發 行 人／張寶琴
總 編 輯／周昭翡
主　　編／蕭仁豪
資深美編／戴榮芝
業務部總經理／李文吉
行銷企畫／邱懷慧
發行助理／簡聖峰
財 務 部／趙玉瑩　韋秀英
人事行政組／李懷瑩
版權管理／蕭仁豪
法律顧問／理律法律事務所
陳長文律師、蔣大中律師
出 版 者／聯合文學出版社股份有限公司
地　　址／(110)臺北市基隆路一段178號10樓
電　　話／(02)27666759轉5107
傳　　真／(02)27567914
郵撥帳號／17623526聯合文學出版社股份有限公司
登 記 證／行政院新聞局局版臺業字第6109號
網　　址／http://unitas.udngroup.com.tw
E-mail:unitas@udngroup.com.tw
印 刷 廠／鴻霖印刷傳媒股份有限公司
總 經 銷／聯合發行股份有限公司
地　　址／(231)新北市新店區寶橋路235巷6弄6號2樓
電　　話／(02)29178022

出版日期／2002年7月　初版
2018年12月17日 初版七刷第一次
定　　價／220元

本書獲財團法人國家文化藝術基金會贊助出版

ISBN 957-522-384-5（平裝）

國家圖書館出版品預行編目資料

海浪的記憶／夏曼・藍波安著.
初版. -- 臺北市 ：聯合文學. 2002〔民91〕
面 ；　公分. --（聯合文叢；286）

ISBN 957-522-384-5（平裝）

855　　　　91010452